小学生成长必读系列

改变小学生一生的 100个故事

总 主 编:滕 刚

本册主编:邱 敏

九 州 出 版 社 JIUZHOUPRESS 全国百佳图书出版单位

图书在版编目(CIP)数据

改变小学生一生的 100 个故事/滕刚主编.–北京:九州出
版社,2007.12(2021.7 重印)

("读·品·悟"小学生成长必读系列/滕刚主编)

ISBN 978-7-80195-754-2

Ⅰ.改⋯　Ⅱ.滕⋯　Ⅲ.儿童文学—故事—作品集—
世界　Ⅳ.I18

中国版本图书馆 CIP 数据核字(2007)第 179629 号

改变小学生一生的 100 个故事

作　　者	邱　敏　本册主编
出版发行	九州出版社
地　　址	北京市西城区阜外大街甲 35 号(100037)
发行电话	(010)68992190/3/5/6
网　　址	www.jiuzhoupress.com
电子信箱	jiuzhou@jiuzhoupress.com
印　　刷	北京一鑫印务有限责任公司
开　　本	710 毫米 × 1000 毫米　16 开
印　　张	10.5
字　　数	168 千字
版　　次	2008 年 1 月第 1 版
印　　次	2021 年 7 月第 10 次印刷
书　　号	ISBN 978-7-80195-754-2
定　　价	29.80 元

目 录

第一辑　当一块石头有了愿望

伟大的行动总是伴随着伟大的计划，而伟大的计划如不伴随着伟大的行动，那就一文不值。生命不是一张草稿纸，而是人生的答卷。若你把生命当做草稿纸，胡乱地写写画画，那你就糟蹋了你的人生答卷。

第二辑　人是不可能被注定的

走上人生路，就注定要经历一些坎坷，面对坎坷不平的人生，我们要坚信自己，坚信自己的路。每一个人的成长，都会有不同的经历，面对这些经历的时候，我们要学会用自己的方式活出自己的精彩。

改变小学生一生的100个故事·目录

目录

第三辑 撬开你的心门

这个世界充满爱,亲情、友情……有的时候,相互之间的一个小小的关爱,就能让我们感动一生,在这个到处流着爱的血液的世界里,我们所要做的,就是用自己的心,去融化、温暖别人,世界本来就是一个美丽的大家庭,她本来就应该充满着爱。

第四辑　一个长跑冠军的"秘密武器"

　　一花一世界,一叶一菩提,从一粒沙里可以看出一个大世界。生活的每一个细节,可能都会蕴涵着一个大智慧,智慧见胜于水,是丰盈。生活不是一个弯与另一个弯的接口,也不是得与失的简单叠加,生活需要一种高度的智慧。

第五辑　让心窗看到美景

　　怀一颗悠然的心,让心窗看到美景;品一曲高山流水,让心灵走向沉静。人生平安就是你我之福,何必太多的计较,放松自我的心灵,回归自然,世界那么多的美丽,那么多的快乐,何必让忧愁、烦恼独居你我的心房。平凡的日子最好,最美。

改变小学生一生的100个故事·目录

目录

第六辑　在危难中享受安然

世上有许多事情我们难以预料,虽然我们不能控制际遇,却可以掌握自己;虽然我们无法预知未来,却可以把握现在。只要活着,就有希望,只要每天给自己一个希望,我们的人生就一定不会失色。

第七辑　好运气缘何降临七次

也许每个人心里都有过这么一盏灯,为自己点亮的同时也为别人点亮,为自己守候的同时也守候着别

改变小学生一生的100个故事·目录

人，唯有这样点一盏心灯，在这个静寞的秋夜里，让心灵有了寄宿，让人在回眸的时候，仍然相信人世间一切的美好。

第八辑 人生因换车票而改变

人生充满机遇，然而，机遇对每个人来说都是公平的，只是有些人抓住了，有些人抓不住；有些人发现了，有些人却茫然不知；有些人在不断创造机会，而有些人则在苦等机会。不要以为机遇是一个依约前来的客人，他只是途经你家门前的路人。

改变小学生一生的100个故事·目录

赞美有着我们永远都无法估算的力量，在生活中，千万不要吝啬你的赞美之辞，因为你的一句真诚的赞美，可能带给对方的是一生的温暖。

当一块石头有了愿望

　　伟大的行动总是伴随着伟大的计划，而伟大的计划如不伴随着伟大的行动，那就一文不值。生命不是一张草稿纸,而是人生的答卷。若你把生命当做草稿纸,胡乱地写写画画，那你就糟蹋了你的人生答卷。

让生命化蛹为蝶

有些东西则人人都可以选择，比如自尊、自信、毅力、勇气，它们是帮助我们穿破命运之茧、由蛹化蝶的生命之剑。

一个小孩，相貌丑陋，说话口吃，而且因为疾病导致左脸局部麻痹，嘴角畸形，讲话时嘴巴总是歪向一边，还有一只耳朵失聪。

为了矫正自己的口吃，这孩子摹仿古代一位有名的演说家，嘴里含着小石子讲话。看着嘴巴和舌头被石子磨烂的儿子，母亲心疼地抱着他流着眼泪说："不要练了，妈妈一辈子陪着你。"懂事的他替妈妈擦着眼泪说："妈妈，书上说，每一只漂亮的蝴蝶，都是自己冲破束缚它的茧之后才变成的。我要做一只美丽的蝴蝶。"

后来，他能流利地讲话了。因为他的勤奋和善良，他中学毕业时，不仅取得了优异成绩，还获得了良好的人缘。

1993 年 10 月，他参加全国总理大选。他的对手居心叵测地利用电视广告夸张他的脸部缺陷，然后写上这样的广告词："你要这样的人来当你的总理吗？"但是，这种极不道德的、带有人格侮辱的攻击招致大部分选民的愤怒和谴责。他的成长经历被人们知道后，赢得了选民极大的同情和尊敬。他说的"我要带领国家和人民成为一只美丽的蝴蝶"的竞选口号，使他以高票当选为总理，并在 1997 年再次获胜，连任总理，人们亲切地称他是"蝴蝶总理"。他就是加拿大第一位连任两届的总理让·克雷蒂安。

是的，有些东西我们无法改变，比如低微的门第、丑陋的相貌、痛苦的遭遇，这些都是我们生命中的"茧"。但有些东西则人人都可以选择，比如自尊、自信、毅力、勇气，它们是帮助我们穿破命运之茧、由蛹化蝶的生命之剑。

（明飞龙）

并不是每一条毛毛虫都能蜕变成美丽的蝴蝶的，只有拥有想飞翔的心，美丽才可能降落在你的身上。不在黑暗的命运之茧中战斗，就永远无法看到蓝天的辽阔。

只 要 你 想

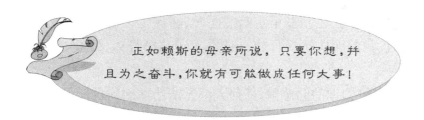

正如赖斯的母亲所说，只要你想，并且为之奋斗，你就有可能做成任何大事！

一个黑人母亲带女儿到伯明翰买衣服。一个白人店员挡住女儿，不让她进试衣间试穿，并且很傲慢地说："此试衣间只有白人才能用，你们只能去储藏室里一间专供黑人用的试衣间。"可母亲根本不理睬，她冷冰冰地对店员说："我女儿今天如果不能进这间试衣间，我就换一家店购衣！"女店员为留住生意，只好让她们进了这间试衣间，自己则站在门口望风，生怕有人看到。那情那景，让女儿感触良深。

又一次，女儿在一家店里摸了摸帽子而受到白人店员的训斥，这

位母亲再次挺身而出："请不要这样对我的女儿说话。"然后，她对女儿说："康蒂，你现在把这店里的每一顶帽子都摸一下吧。"女儿快乐地按母亲的吩咐，真把每顶自己喜爱的帽子都摸了一遍，那个女店员只能站一旁干瞪眼。

对这些歧视和不公，母亲对女儿说："记住，孩子，这一切都会改变的。这种不公正不是你的错，你的肤色和你的家庭是你不可分割的一部分，这无法改变也没有什么不对。要改变自己低下的社会地位，只有做得比别人好、更好，你才会有机会。"

从那一刻起，不卑不屈成了女儿受用一生的财富。她坚信只有教育才能让自己获得知识，做得比别人更好；教育不仅是她自身完善的手段，还是她捍卫自尊和超越平凡的武器！

后来，这位出生在亚拉巴马伯明翰种族隔离区的黑丫头，荣登《福布斯》杂志"2004 年全世界最有权势女人"宝座，她就是美国国务卿赖斯。

赖斯回忆说："母亲对我说，康蒂，你的人生目标不是从'白人专用'的店里买到汉堡包，而是，只要你想，并且为之奋斗，你就有可能做成任何大事。"

现实是无奈的，但这并不意味着，我们就丧失了一切选择的权利。因为，歧视和不公在制造了灰暗的同时，还催生了奋斗。

是的，我们无法选择种族、血缘，无法选择身体、发肤，但我们可以选择奋斗。

在没有得到你的同意前，任何人都无法让你感到自惭形秽。正如赖斯的母亲所说，只要你想，并且为之奋斗，你就有可能做成任何大事！

（陈明聪）

成长悟语

有人说过，人最大的敌人是自己。输给了胆怯，输给了自卑，输给了自己，人怎样能战胜世界。心里怀有一个梦想，你才能去追逐梦想。世界上最可怜的人，是不敢拥有梦想的人。

无知者的成功

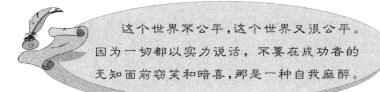

> 这个世界不公平，这个世界又很公平。因为一切都以实力说话，不要在成功者的无知面前窃笑和暗喜，那是一种自我麻醉。

采访一位企业老总，末了，我说等稿子写完后我传来给你过目，问他的 E－mail 地址。

他说什么 E－mail 地址，我说电脑网络上用的电子邮件地址，他还是一脸茫然。显然他不懂 E－mail 为何物。

我把这件事讲给记者朋友听，以为朋友会笑的，他却一本正经地说："也许因为他不知道什么是 E－mail 的地址，才会有今天的成就。"

一个简单的逻辑就是，他不懂电子邮件为何物，却没有妨碍他的成功。而我们，拥有几个甚至十个以上的电子邮件地址，却仍在满世界寻找更好的机会。

这样的推论有些搞笑。但世间的真理有时隐藏在简单之中，显得极为质朴而平实。

中国的富翁，以民营企业家居多。他们在十年、二十年前还是在田地里耕作，他们懂农作物的时季，却不懂经济理论，也不懂先进科学技术，更读不懂外文资料，但是他们成功了，他们用最原始的手段积聚财富和人才，借着对民事的洞察和政策的理解，走上奇迹般的创富道路。

这个世界也许可以追求许多细节，但是最终还是以实力说话。你说他们什么也没有，你说他们就是农民小富的无限次放大，但我们不

得不承认，他们成功了。

把成功者的一切都认为必须是成功的，那是美化和揣测。而把所有的细节都做成功才能大功告成，那是天大的谬误。盖茨大学没有毕业，如果让他到现在的人才市场求职，也许只能当一个送货工或是推销员，但是他成了世界首富。

你的学历比盖茨高，你的阅历比盖茨丰富，你的体魄比盖茨强，你的所学对盖茨来说，他肯定是无知，但是你却没有成功。

这个世界不公平，这个世界又很公平。因为一切都以实力说话，不要在成功者的无知面前窃笑和暗喜，那是一种自我麻醉。还是让我们在实力面前无话可说，然后设法去效仿、寻找和追赶。

其实并不是成功者无知，而是无知者不懂成功——对成功者的缺陷加以嘲讽，而不是拿自己的不足，对比成功者的强项，继而努力学习，这样的无知者，比看不到成功者拥有成功钥匙的人更可悲。

重要的是使自己强大起来

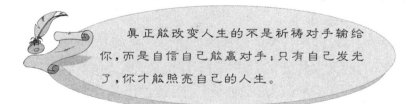

真正能改变人生的不是祈祷对手输给你，而是自信自己能赢对手；只有自己发光了，你才能照亮自己的人生。

一位搏击高手参加锦标赛，自以为稳操胜券，一定可以夺得冠军。出乎意料之外，在最后的决赛中，他遇到一个实力相当的对手，双方竭尽全力出招攻击。当对打到了中途,搏击高手意识到,自己竟然找不到对方招式中的破绽,而对方的攻击却往往能够突破自己防守中的漏洞。

比赛的结果可想而知,搏击高手惨败在对方手下,也失去了冠军的奖杯。

他愤愤不平地找到自己的师父,一招一式地将对方和他搏击的过程,再次演练给师父看,并请求师父帮他找出对方招式中的破绽。他决心根据这些破绽,苦练出足以攻克对方的新招,决心在下次比赛时,打倒对方,夺回冠军的奖杯。

师父笑而不语,在地上画了一道线,要他在不能擦掉这道线的情况下,设法让这条线变短。

搏击高手百思不得其解,怎么会有像师父所说的办法,能使地上的线变短呢?最后,他无可奈何地放弃了思考,转向师父请教。

师父在原先那道线的旁边,又画一道更长的线。两者相比较,原先的那道线,看起来变得短了许多。

师父开口道:"夺得冠军的关键,不仅仅在于如何攻击对方的弱点,正如地上的长短线一样,只有你自己变得更强,对方如原先的那道线一样,也就在相比之下变得较短了。如何使自己更强,才是你需要苦练的根本。"

在夺取成功的道路上,在夺取冠军的道路上,有无数的坎坷与障碍,需要我们去跨越、去征服。人们通常走的有两条路:

一条路是侧重攻击对手的薄弱环节。正如故事中的那位搏击高手,欲找出对方的破绽,给予致命地一击,用最直接、最锐利的技术或技巧,快速解决问题。

另一条路是全面增强自身实力。就是故事中那位师父所提供的方法,更注重在人格上、在知识上、在智慧上、在实力上使自己加倍地成长,变得更加成熟,变得更加强大,使许多问题不治而愈,迎刃而解。

很多人想要寻找对手的弱点,但却很少有人想加强自己的

优势。真正能改变人生的不是祈祷对手输给你,而是如何提高自己的能力进而赢对手;只有自己发光了,你才能照亮自己的人生。

成功的捷径

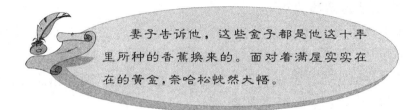

妻子告诉他,这些金子都是他这十年里所种的香蕉换来的。面对着满屋实实在在的黄金,奈哈松恍然大悟。

在很久以前,泰国有个叫奈哈松的人,一心想成为一个大富翁。他觉得成为富翁的捷径便是学会炼金之术。

此后他把全部的时间、金钱和精力,都用在了炼金术的实验中了。不久以后他花光了自己的全部积蓄。家中变得一贫如洗,连饭都没得吃了。妻子无奈,跑到父亲那里诉苦。她父亲决定帮女婿改掉恶习。

他让奈哈松前来相见,并对他说:"我已经掌握了炼金之术,只是现在还缺少一样炼金的东西……"

"快告诉我还缺少什么?"奈哈松急切问道。

"那好吧,我可以让你知道这个秘密。我需要3公斤香蕉叶下的白色绒毛。这些绒毛必须是你自己种的香蕉树上的。等到收齐绒毛后,我便告诉你炼金的方法。"

奈哈松回家后立刻将已荒废多年的田地种上了香蕉。为了尽快凑齐绒毛,他除了种以前就有的自家的田地外,还开垦了大量的荒地。当香蕉长熟后,他便小心地从每片香蕉叶下收刮白绒毛。而他的妻子和儿女则抬着一串串香蕉到市场上去卖。就这样，十年过去了，奈哈松终于收集够了3公斤绒毛。这天，他一脸兴奋地拿着绒毛来到岳父的家里，向岳父讨要炼金之术。

岳父指着院中的一间房子说："现在，你把那边的房门打开看看。"

奈哈松打开了那扇门，立即看到满屋金光，竟全是黄金，他的妻子儿女都站在屋中。妻子告诉他，这些金子都是他这十年里所种的香蕉换来的。面对着满屋实实在在的黄金，奈哈松恍然大悟。

成长悟语

世界上没有成功的捷径，成功都是需要汗水和时间积累的。迈向成功的唯一捷径就是脚踏实地，一步一个脚印地前进。再长的路，一步一步也能走完；再短的路，不迈开双脚也无法到达。

生活从选定方向开始

铜像的底座上刻着一行字：新生活是从选定方向开始的。

比塞尔是西撒哈拉沙漠中的一颗明珠，每年有数以万计的旅游者来到这儿。

可是在肯·莱文发现它之前，这里还是一个封闭而落后的地方。这儿的人没有一个走出过大漠，据说不是他们不愿离开这块贫瘠的土

地,而是尝试过很多次都走不出去。

肯·莱文当然不相信这种说法。他用手语向这儿的人询问原因,结果每个人的回答都一样:从这儿无论向哪个方向走,最后都还是转回出发的地方。为了证实这种说法,他做了一次试验,从比塞尔村向北走,结果三天半就走了出去。

比塞尔人为什么走不出来呢?

肯·莱文非常纳闷儿。最后他雇了一个比塞尔人,让他带路,看看到底是为什么?

他们带了半个月的水,牵了两峰骆驼,肯·莱文收起指南针等现代设备,只挂一根木棍跟在后面。

10天过去了,他们走了大约800英里的路程,第11天的早晨,他们果然又回到了比塞尔。这一次肯·莱文终于明白了,比塞尔人之所以走不出大漠,是因为他们根本就不认识北斗星。

在一望无际的沙漠里,一个人如果凭着感觉往前走,他会走出许多大小不一的圆圈,最后的足迹十有八九是一把卷尺的形状。比塞尔村处在浩瀚的沙漠中间,方圆上千公里没有一点儿参照物,若不认识北斗星又没有指南针,想走出沙漠,确实是不可能的。

肯·莱文在离开比塞尔时,带了一位叫阿古特尔的青年,就是上次和他合作的人。他告诉这位汉子,只要你白天休息,夜晚朝着北面那颗星走,就能走出沙漠。

阿古特尔照着去做,几天之后果然走到了大漠的边缘。从此,他成为比塞尔的开拓者,他的铜像被竖在小城的中央。

铜像的底座上刻着一行字:新生活是从选定方向开始的。

(刘燕敏)

没有目标,再精准的神射手也不能发挥他的作用;没有目标,再快的汽车也只是摆设。人生需要一个目标,需要一个方向。有了目标,潜力才能变成成绩;有了方向,我们才不会在生活的迷雾中迷路。

生命不打草稿

生活其实也不会给我们打草稿的机会，因为我们所认为的草稿，其实就已经是我们人生无法更改的答卷。

在学书法的时候，我曾经听我的一个老师讲过这样的一个故事：

有一个书法家教学生练字。有一次，一个经常用废旧报纸练字的学生，反映他自己已经跟着书法家学了很长时间，可一直没有大的进步。书法家就对他说："你改用最好的纸试试，可能会写得更好。"

那个学生按照他说的去做了。果然，没过多久，他的字进步很快。他奇怪地问书法家是什么原因。书法家说："因为你用旧报纸写字的时候，总会感觉是在打草稿，即使写得不好也无所谓，反正还有的是纸，所以就不能完全专心；而用最好的纸，你会心疼好纸，会感觉机会的珍贵，从而心态投入，也就比平常练习时更加专心致志。用心去写，字当然会进步。"

真的，平常的日子总会被我们不经意地当做不值钱的"废旧报纸"，涂抹坏了也不心疼，总以为来日方长，平淡的"旧报纸"还有很多。实际上，这样的心态可能使我们每一天都在与机会擦肩而过。

生命并非演习，而是真刀真枪的实战。生活其实也不会给我们打草稿的机会，因为我们所认为的草稿，其实就已经是我们人生无法更改的答卷。

把生命的每天都当做那最好的一张纸吧！

（思想者）

成长悟语

　　成功的人有一个鲜明的特征：他们都把自己的事业当做一件艺术品，他们做每一件事的时候都认真谨慎，全力以赴。生活不是练习本，而是一份试卷，不能想着写错了就重新写，生活需要百分百的投入与认真。

输给自己的心

　　失败有时也不仅仅因为时间，有时也因为我们的心。我们总是幻想踩在别人的头上，但总是不小心踩到自己的脚。

　　他和另外两个钳工决战"四强"晋级比赛。他们同是全国优秀钳工排名在前十位中的佼佼者。

　　比赛的题目是锯一个镂空的钢花，要求完成的时间为一个半小时，锯完的钢花要精确到和模具上的一模一样，要能严丝合缝地放进模具才算是胜利者。锯工是钳工的基本功，也就是说一个优秀钳工一定要有良好的锯工功底，而锯镂空的钢花应该算是基本功中难度最大的了。选手们都开始精心准备，计算从哪个位置开锯所用的时间最短……

　　比赛前他信心百倍地说，凭他的技术，胜出者必定是自己。

　　在距比赛结束还有15分钟时，他举起了手。他说，如果有更大的胜算机会，那么他这么做就一定会给另外两名选手造成很大的心理压力。事实证明他的做法的确给另外两名选手很大的压力，甚至有一名选手的锯刀因此折了两次。

他有些自鸣得意。然而，随着时间一分一秒的流逝，他有些后悔了，后悔自己没有来得及检查一下"作品"是否足够精确。

1小时30分后，比赛结束。

他迫不及待地第一个把自己的"作品"放在了模具上，很可惜，只差一点点而已，一个很小很小的点使他与金牌失之交臂，同样失败的还有那个锯刀折了两次的选手。

他说："我太想赢了，我太相信自己的技术，唉！如果再晚举手5分钟，再检查一下，或许……"

是的，如果再多给每个人5分钟，每个人都可能成为英雄，然而，这就是比赛的残酷性。

而失败有时也不仅仅因为时间，有时也因为我们的心，当我们的心不在自己的身上时，一定会在对手的身上，我们总是幻想踩在别人的头上，但总是不小心踩到自己的脚。

（兰精灵）

成长悟语

　　人生不是为了打败对手，而是为了战胜自我。阻止别人前进的时候，你自己也会停止了前进。这就像走路，整天看着别人和风景，却不留心自己的路，结果常常会迷失了自己的方向。

开掘自己的宝藏

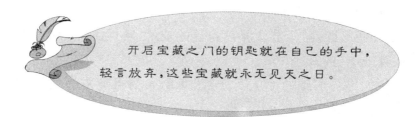

开启宝藏之门的钥匙就在自己的手中，轻言放弃，这些宝藏就永无见天之日。

尺有所短，寸有所长。每个人都会有自己的长处——属于自己的宝藏。

社会很容易抹杀人的特质，一旦进入社会很多人都觉得自己的棱角彻底被磨平了，以前所拥有的那些期望和志向，不知不觉中就彻底放在心灵的深处藏了起来。

李扬是中国著名的配音演员，被戏称为"天生爱叫的唐老鸭"。李扬在初中毕业后参了军，在部队当一名工程兵，他的工作内容是挖土、打坑道、运灰浆和建房屋。可是李扬明白，自己身上潜在的宝藏还没有开发出来：那就是自己一直心爱的影视艺术和文学艺术。

在一般人看来，这两种工作简直是风马牛不相及。但李扬却坚信自己在这方面有潜力，应该努力把它们发掘出来。于是他抓紧时间工作，认真读书看报，博览众多的名著剧本，并且尝试着自己搞些创作。退伍后李扬成了一名普通工人，但是他仍然坚持追求自己的目标。没有多久，大学恢复招生考试，李扬考上了北京工业大学机械系，变成了一名大学生。从此，他用来发掘自己身上宝藏的机会和工具都一下子多了起来。经几个朋友的介绍，李扬在短短的五年中参加了数部影片的译制录音工作。这个业余爱好者凭借着生动的、富有想象力的声音风格，参加了《西游记》中的美猴王的配音工作。1986 年初，他迎来了自己事业的辉煌时刻,风靡世界的动画片《米老鼠和唐老鸭》招聘汉语配音演员,风格独特的李扬一下子被迪斯尼公司相中,为可爱滑稽的唐老鸭配音,从此一举成名。李扬说,自己之所以成功,是因为一直没有停止过挖掘自己的长处。

开启宝藏之门的钥匙就在自己的手中,轻言放弃,这些宝藏就永无见天之日。也许你现在并不如意,但永远不能放弃的是成功的决心和斗志,更为关键的是你能不能正确地认识到什么是自己最擅长的;尽管因为现实的某些原因不得不在现在的位子上呆着,但总要找到自己的宝藏,并努力去开采它。

要发掘自己的宝藏,首先要相信自己拥有别人没有的宝藏;第二,善于认识自己,只有认清自己,了解自我,你才能分析你的特长在哪里;第三,不要放弃自己的理想,无论现实多无奈,多艰难,都要坚持自己的理想。只有做到这三点,你才能够找到自己的宝藏。

愿生生世世为矮人

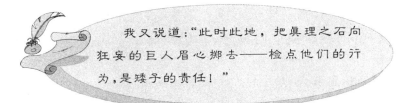

我又说道:"此时此地,把真理之石向狂妄的巨人眉心掷去——检点他们的行为,是矮子的责任!"

有一次,在巴黎举行的联合国会议席上,我和苏联代表团团长维辛斯基激辩。我讽刺他提出的建议是"开玩笑"。突然之间，维辛斯基把他所有轻蔑别人的天赋都向我发挥出来，他说："你不过是个小国家的人罢了。"

显然，辩论开始了。我的国家和他的相比，不过是地图上一点而已；而我自己穿了鞋子，身高也只有 1.63 米。

即使在我家中，我也是矮子。我的四个儿子全比我高七八厘米。就是我的太太穿高跟鞋的时候，也要比我高寸把。我们婚后，有一次接受访问，她曾谦虚地说："我情愿躲在我丈夫的影子里，沾他的光。"一个熟朋友就打趣地说，这样的话，就没有多少地方好躲了。

我身材矮小，和鼎鼎大名的人物在一起，常常特别惹人注意。第二次世界大战期间，我是麦克阿瑟将军的副官，他比我高 20 厘米。那次登陆雷伊泰岛，我们一同上岸，新闻报道说："麦克阿瑟将军在深及腰部的水中走上了岸，罗慕洛将军和他在一起。"一位专栏作家立即拍电报调查真相。他认为如果水深到麦克阿瑟将军的腰部，那罗慕洛就肯定要淹死了。

我一生当中，常常想到高矮的问题。我但愿生生世世都做矮子。

这句话可能会使你们诧异。许多矮子都因为身材而自惭形秽。我得承认，年轻的时候也穿过高底鞋。但用这个法子把身材加高实在不舒服，并不是身体上的，而是精神上的不舒服。这种鞋子使我感到，我在自欺欺人，于是我再也不穿了。

其实这种鞋子剥夺了我的天赋。因为：矮小的人起初总被人轻视，但后来，他有了表现，别人就觉得出乎意料，不由得佩服起来。在别人心目中，他的成就便格外出色。

有一年我在哥伦比亚大学参加辩论小组，初次明白了这个道理。我因为矮小，所以样子不像大学生，而像小学生。一开始，听众就为我鼓掌助威。在他们看来，我已经居于下风，大多数人都喜欢看弱者得胜。

我一生的遭遇都是如此。平平常常的事经我一做，往往就成了惊天动地之举，因为没有人对你抱希望。

1945 年，联合国成立大会在旧金山举行，我以小国菲律宾代表团团长身份,应邀发表演说,讲台差不多和我一样高,等到大学静下来,我庄严地说出这一句话:"我们就把这个会场当做最后的战场吧。"全场顿时寂然,接着爆发出一阵掌声。我放弃了预先准备好的演讲稿,思如泉涌,妙语连珠。第二天,我在报上看到当时我说的一段话:"维护尊严,言辞思想比枪炮更有力量……唯一牢不可破的防线是互助互谅所筑起的堤坝!"

这些话如果是大个子说的,听众可能客客气气地鼓一下掌。但菲律宾那时还没独立,我又是个矮子,从我嘴里说出这些话,就有意想不到的效果。从那天起,小小的菲律宾在联合国大会中就不再被小视了。

矮子还有一个好处便是特别会交朋友。人家总想护卫我们,容易对我们推心置腹。大多数的矮子早年就都懂得:与筋骨健硕相比,友谊的力量一样强大。

早在1935年,大多数的美国人还不知道我这个人,那时我应邀到圣母大学接受荣誉学位,并且发表演说。那天罗斯福总统也是演讲人。事后他笑吟吟地怪我"抢了美国总统的风头"。

我相信,身材矮小的人往往比高大的人因富有"人情味"而更容易接近。他们从小就知道自视决不可太高,身材魁梧的人态度矜持,别人会说他有"威仪",但是矮小的人摆出这种架子来,人家就要说他"自大"了。

矮子如果稍有自知之明,很早就会明白脾气是不好随便乱发的。大个子发脾气,能气势汹汹,矮子就只像在乱吵乱闹了。

还是回到开始,我提到苏联代表维辛斯基因为我胆敢批评他的国家而出言相讥的事。我认同我是矮子,但我不喜欢别人当众拿矮子说事而不加反驳。他一说完,我就跳起身来,告诉联合国大会的代表,维辛斯基说的没错,但是我又说道:"此时此地,把真理之石向狂妄的巨人眉心掷去——检点他们的行为,是矮子的责任!"维辛斯基凶狠地瞪着眼,但是没有再说什么。

（[菲律宾]罗慕洛）

成长悟语

每个人都是独一无二的生命杰作，都有自己存在的理由。我们自卑是因为我们还没有看到自己的独特存在价值，甚至没有去想自己的价值，而把大部分时间放在羡慕别人和模仿别人上。

你准备好了吗

在场的英国首相布莱尔对拉特尔说："你的两次选择都是无比正确的，你是英国人的骄傲。"

1989年，柏林爱乐乐团首席指挥赫伯特·冯·卡拉扬突然逝世。

柏林爱乐乐团素有"世界第一交响乐团"之称，而它的首席指挥也素有"世界第一指挥"之称。团不可一日无"主"，柏林爱乐乐团很快决定聘请英国著名指挥家西蒙·拉特尔担任首席指挥。

当拉特尔接到柏林爱乐乐团的聘任书时，感到很兴奋，也很惊讶。要知道，柏林爱乐乐团首席指挥的位置几乎是所有指挥家所向往的。但是，在短暂的兴奋之后，拉特尔却拒绝了柏林爱乐乐团的邀请。他对前来送聘书的负责人说："柏林爱乐乐团是以演奏古典音乐而闻名于世的，而我对于古典音乐这门神圣的艺术的理解还不够透彻，如果我接受你们的邀请，恐怕不能带领柏林爱乐乐团迈上一个台阶，反而会起到阻碍作用。"由于拉特尔的执意拒绝,柏林爱乐乐团只好请了另一位著名的指挥家克劳迪奥·拉巴多做了首席指挥。

拉特尔的拒绝令许多人不解,有些英国人认为拉特尔不敢接受挑战,丢了英国人的脸。英国的《太阳报》上发表了一篇文章,标题是"拉特尔没能为英国人民带来荣誉"。

对此拉特尔并不介意。他说:"再好的机会,如果你没有能力把握,那么还是放弃为好。"这之后,他默默地去学习去研究古典音乐。经过十年的努力,拉特尔以对古典音乐的不懈追求和透彻理解及自己精湛的指挥和表演一次次取得了成功,令听众倾倒。当然,他也再一次得到了柏林爱乐乐团的青睐。

当卡拉扬的继任者拉巴多光荣退休之后,拉特尔再一次接到了柏林爱乐乐团的邀请。这一次,拉特尔没有丝毫惊讶,也没有丝毫犹豫,毅然接受了邀请。他说:"我现在准备好了,我有信心把柏林爱乐乐团带到一个新的高度。"拉特尔登上了"世界第一指挥"的宝座,他以自己出色的指挥带领柏林爱乐乐团创造了音乐史上一个又一个奇迹,带领柏林爱乐乐团迎来了一次又一次辉煌。他成为柏林爱乐乐团的骄傲,也成为全英国人的骄傲。

2002 年 6 月,在一次演出之后,在场的英国首相布莱尔对拉特尔说:"你的两次选择都是无比正确的,你是英国人的骄傲。"

(一　佳)

成长悟语

在自己不懂、不擅长的领域面前低下头,谦虚刻苦地学习;在自己能掌握、能操控的领域面前昂着头,自信地迎接,不放过任何一个表现自己才能的机会。人生的真谛就在这一低头、一抬头之间。

　　人生不是为了打败对手，而是为了战胜自我。阻止别人前进的时候，你自己也会停止了前进。这就像走路，整天看着别人和风景，却不留心自己的路，结果常常会迷失了自己的方向。

人是不可能被注定的

改 变 小 学 生 一 生 的 100 个 故 事

　　走上人生路，就注定要经历一些坎坷，面对坎坷不平的人生，我们要坚信自己，坚信自己的路。每一个人的成长，都会有不同的经历，面对这些经历的时候，我们要学会用自己的方式活出自己的精彩。

一句话和两个人

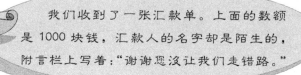

我们收到了一张汇款单。上面的数额是 1000 块钱，汇款人的名字却是陌生的，附言栏上写着："谢谢您没让我们走错路。"

　　这是 15 年前的事了，那时我们住城乡结合处，到了晚上四处很荒凉。那天为省下坐车的钱，我和当老师的妈妈选择走小路。路是碎砖铺成的，坑坑洼洼，没路灯。我的鞋子是姐姐穿过的，即使塞上鞋垫还是松松垮垮的。过小桥时，右脚的鞋子终于掉了下来。我借穿鞋的工夫看了看四周，天已黑，耳边再次响起亲戚的话："年根儿治安乱，今晚别赶回去了。"而母亲谢绝了。

　　借到钱，我们还是很高兴，母亲甚至说要给我们称半斤巧克力。这样的谈话很轻松，我一度忘了脚下的鞋子。那件事发生时，我们离家还有半小时路程。一声凶巴巴的声音："站住别动！"两个人像山一样堵住我们的路。事情太突然，就像演电影。母亲捏捏我手心，叫我别怕。

　　那是两个年轻男人，每人手里拿一根粗棍子。夜色中看不清他们的表情，却可以想象那一份杀气。我急得要命，却又一筹莫展。我 13岁，母亲 35 岁，一大一小两个女人怎么也敌不过两个壮年男人。

　　可怕的沉默之后，右边的男人说话了："我只想要钱。"他似乎不比我们轻松，我捕捉到他话音里的颤抖。母亲没吭声。他继续说："我们真不想伤害你们，是没办法。辛辛苦苦打工一年，老板带钱跑了，我们得拿钱回家过年。你们城里人好歹比我们容易。"

他语气倒还老实，可那棍子凶神恶煞般的杵在那里。

对峙片刻，母亲忽然叹气，从口袋里拿出蓝色手绢，手绢里包裹的是借来的 200 块钱。我记得那是 4 张簇新的票子，每张面额 50 元。

男人看到钱，自然伸出他空着的手。

"慢！"她把钱往怀里一缩，"这钱不能让你们抢走。"那人的手愣在半空，我也不明白母亲要说什么。

"今天你们抢了我的钱，不管数额多少都是犯罪。我知道你们有难言之隐，但法律不管那么多，不光法律判你们有罪，你们内心也不会原谅自己。"

此时她竟讲起课来，这实在出乎我的意料。不仅如此，随即她做了一件仿若天方夜谭的事。她说："不如这样吧，我代你们写张借条，你们签个字，不管多久还钱，5 年也好 10 年也好，甚至你们没钱还也好，只要记住，今天你们没抢，你们是借我的钱。我希望，从今以后你们再不要抢了。"

母亲从口袋里摸出纸笔，在黑暗里凭感觉写了张借据。她把钱和借据一起放到那人手里："上面有我的名字和地址，至于你们的名字，如果害怕，随便签一个假名也行。"

这样匪夷所思的事，歹徒大概也从未遇到过，他们愣了片刻，互相看看，什么也没说拿上钱和借据就走了。

在余下的路途中我一言未发，失望极了，母亲如此可笑，简直迂腐至极，没有克敌术也罢了，承认胆怯也罢了，居然替手拿棍棒的劫匪写下愚蠢的借据。这事若非亲历，我会当笑话。

那个春节，尽管母亲还是买了巧克力，可我心里很难过。关于那张愚蠢的借据，我始终无法释怀，我想，这绝对不是母亲平日嘴里所说的勇敢。

让我意外的是，两年后的一天，我们收到了一张汇款单。上面的数额是 1000 块钱，汇款人的名字却是陌生的，附言栏上写着："谢谢您没让我们走错路。"

是母亲的一句话，改变了两个人的命运。

（时　钦）

总有一些人，因为各种原因，处于失足的边缘。如果你碰到这样一种人，请在保全自己的前提下，拉他们一把吧，也许，世间就因此少了一个坏人。

小改变改变了生活

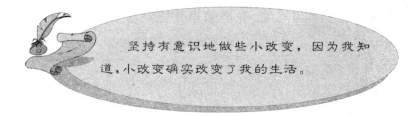

坚持有意识地做些小改变，因为我知道，小改变确实改变了我的生活。

当我清醒的时候，我的经纪人警告我，我必须主动地改变我生活中的每件事情，每一件！于是，我以前穿蓝牛仔，现在改成了宽松裤；以前穿西式衬衣，现在改成了T恤衫。但是，只有一样，我不能也不愿意放弃，那就是我的牛仔靴子。

我走到经纪人面前说道："我常常饮酒，只是为了减轻我双脚难以忍受的痛苦，你知道，这是我多年的老毛病了，医生说这是因为我患了筋膜炎，所以，这痛苦和牛仔靴子绝没有任何关系。我向你保证，即使我穿着这双无辜的靴子，我以后也绝不会再醉酒了。我确实愿意改变很多事情，如果需要的话，我甚至愿意放弃这双靴子，但它们确实是很无辜的。"

我的经纪人面无表情地说道："我不知道它们怎么无辜，也不知道你继续穿着它们能不能再不醉酒，我能对你说的就是，你依然不情愿改变你的一切。"

"好吧，好吧，"我连忙说道，"我证明给你看，我在一个月内保证不再穿这双牛仔靴子，当然，这只是为了表明我确实有改变的意愿。"

于是，我买来了一双网球鞋，我做到了。在30天的时间内，我一次都没穿过我那双酷爱的牛仔靴子，而一直都穿着新买的网球鞋。最奇怪的事情发生了：我的脚不疼了！

就这样，我不再酗酒，我放弃了所谓上流社会的生活装束。我没认真反思过，是不是那双牛仔靴子使我的脚痛苦不堪，或者，是不是它让我的生活充满了痛苦。但事实是，我彻底放弃了它。从最初的被动，到现在的自觉自愿。30天过去了，60天过去了，90天过去了……我的生活停止了痛苦。

现在，每一天，我都要做一些不同的事情，一些以某种细微的方式表现出来的改变。或许，我只是穿上一双以前从未穿过的袜子，或者驾车驶上一条从未路经的新路。

我坚持有意识地做些小改变，因为我知道，小改变确实改变了我的生活。

（尹玉生）

成长悟语

　　坚持每天把当天的衣服洗完，你会发现自己在慢慢改变拖拉的习惯；放弃乘车，改为步行，你会发现自己身边有这么多风景；坚持有意识地做些小改变，就会改变你的生活。

人生幸福三诀

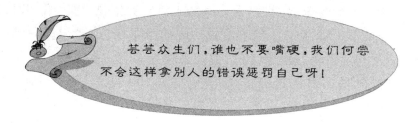

芸芸众生们，谁也不要嘴硬，我们何尝不会这样拿别人的错误惩罚自己呀！

"唉，活得太累了！"现今谁没有这样深深的疲惫？

然而，在京城，有位88岁高龄的老太太却轻松悠闲地微笑着，用那略带合肥口音的普通话告诉我们，做一个好人其实很容易，拥有一个幸福的人生其实也很简单："第一是不要拿自己的错误惩罚自己，第二是不要拿自己的错误惩罚别人，第三是不要拿别人的错误惩罚自己。"她笑笑，晃了晃扳起的三根手指，满脸都是返老还童的纯真和曾经沧海的从容，"有这么三条，人生就不会太累了……"多么朴素的心语啊！

道出这"人生幸福三诀"的老太太，名叫张允和。她可是位有来历的知识女性哩！她的夫君是著名语言学家周有光，有人说："周有光的平和宁静与广阔深邃，会让人不由自主地联想到无边无际的大海。"她的妹夫是由她玉成美满婚姻的大文豪沈从文。对于沈从文，史家更有斩钉截铁的定评："无瑕人品清于玉，不俗文章胜似仙！"而张允和本人，也曾颠沛流离，也曾死里逃生，是人生的苦难与艰辛使她大彻大悟，道出了这"人生幸福三诀"。

"不要拿自己的错误惩罚自己"，扪心自问一下，人能有多少烦恼，是自己同自己过不去哟！人非圣贤，孰能无过？如果一有过错，就终日沉陷在无尽的自责、哀怨、痛悔之中。那么，其人生的境况就会像泰戈尔所说的那样：不仅失去了正午的太阳，而且将失去夜晚的群星。

"不要拿自己的错误惩罚别人"，这样浅显的道理谁都明了，但知易行难。人们都会为自己的过错而痛悔，但不少人痛悔归痛悔，受伤的虚荣心却还要疯狂地寻找能够掩饰伤口的更大虚荣，于是，他就情不自禁地要去惩罚别人；而那些无辜地受到惩罚的"替罪羊"，或迟或早势必都要奋起自卫。这样"拿自己的错误惩罚别人"，人生岂能不累？因此，"不要拿自己的错误惩罚别人"，并不是一种很容易达到的境界，它需要"胸藏万汇凭吞吐"的大器量。

"不要拿别人的错误惩罚自己"，许多人也许骄傲地说，这不是对我的写照。然而，我却以为：未必！如果不拿别人的错误惩罚自己，那怎么会不时生发出这样的一些邪念：他都可以不负责任，我又何必尽职尽责？芸芸众生们，谁也不要嘴硬，我们何尝不会这样拿别人的错误惩罚自己呀！

（曹　放）

成长悟语

　　不要自责，沉浸在自责中，幸福会从你身边溜走；不要推卸责任，自己犯的错误自己承担；不要把自己的情绪发泄到别人身上；不要为自己内心的灰暗寻找借口，只要你保持自己的纯净和美好就可以享受幸福的阳光。

生命中最重要的事

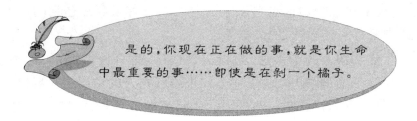

是的，你现在正在做的事，就是你生命中最重要的事……即使是在剥一个橘子。

托斯卡尼尼是举世闻名的指挥家。他到过很多地方，指挥过无数的乐团，也见过无数的达官显贵。80岁时，儿子好奇地问他："您觉得您一生做过最重要的事是什么？"

托斯卡尼尼回答说："我现在正在做的事，就是我一生中最重大的事。不管是在指挥一个交响乐团，或是在剥一个橘子。"

在我当总医师时，有一个室友。他才刚开始刷牙，又离开浴室去挑上班要穿的衣服，而嘴里还满是泡沫。接着，他又忙着整理桌上的资料，还一边说今天有哪些事要办。不消说，他的日子总是过得匆忙无绪。

在医学院教书，我发现有几个学生上课都不看我，他们一直忙着抄笔记。他们很努力、很认真地写，但我从不认为他们是"好学生"，因为他们对考试的兴趣远超过对学习的兴趣。他们或许能从笔记中得到考试时所需的知识，但他们无法全然地了解。片片断断地抄下来，知道的也只是片片断断，当他们把我的话写下来，我已经又讲了其他东西，他们将一再错过。你必须全心全意地融入，尽你所能地投入，仿佛此时此地世上唯有此人唯有此事……然后才会有真正了解。这必须变成你的人生态度，变成你的生活方式，无论你是在上课、吃饭、聊天、跳舞、画画……

有人问凡·高:"你的画里面哪一张最好?"他说:"就是我现在正在画的这一张。"几天之后,那个人再问。凡·高说:"我已经告诉过你,就是我现在正在画的这一张!"

是的,你现在正在做的事,就是你生命中最重要的事……即使是在剥一个橘子。

(何权峰)

生命中最值得珍惜的事就是你正在做的事,即使只是在刷牙。正在做的事都有其意义,都有其存在的必要。珍惜现在,发掘现在所做的事蕴含的快乐,你就可以随时享受生活。

会飞的鸭子

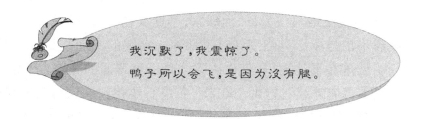

我沉默了,我震惊了。

鸭子所以会飞,是因为沒有腿。

那是十多年前的事了。那时我参加工作不久,像许多年轻人一样好高骛远,而一旦这种学生式的狂热被现实的冷酷给消融掉,便马上走向另一个极端:怨天尤人,满腹牢骚。当我正开始寻找各种借口为自己的平庸辩解时,是它改变了我对人生的看法,让我认真地去过属于自己的每一天。

它，就是那只鸭子，那只农家饲养的据说叫做"康贝尔"的灰色家鸭。

当时我在一所农村中学任教，学校南面是一条东西走向的公路，南面有一个小小的池塘。每天早晨，我习惯沿公路到村里散步，顺便买些早点。

一个星期天的早晨，我起得很晚，池塘里已经游满了大大小小的鸭子，几只晚来的拖着肥胖的身体还在公路上摇摇摆摆，夹在稀疏的路人中显得有些滑稽。我闪出一个念头，于是悄悄地走进鸭群，猛一顿脚，受惊的鸭子四处逃窜，"呷呷"地叫着，有的还张开了翅膀，扑打着，来了个趔趄。

好笨哪！我大笑。

可突然之间，我听到了更为有力地扑打翅膀的声音，我惊呆了，我看到了一只飞行的鸭子！

它并不是这个鸭群中的一只，但那的确是一只鸭子！一只灰色的鸭子！它正迎面向我飞来，扑扑啦啦地，发出很大的响声。它的飞行姿态并不敏捷，双翅的每一次扑动都显得那么吃力，那么笨拙，简直像是在空中爬行。它飞得很低，好像一扬手就可以抓到它；它飞得很慢，仿佛随时都可能落下来。但是它却一直在飞着，扑扑啦啦地，越过我的头顶，向东飞去，一直飞到学校西面的池塘上空，双翅一敛，落了下去。

我从未见过这样拙劣的飞行表演，但我的心却感受到了最猛烈的撞击。我不由自主地追过去，一池绿水，半塘灰鸭，一样的从容，一样的安详，我辨不出是哪一只刚刚经过了那惊心动魄的飞翔。我决不会看错，它分明就落在了池塘里；它也决不会是一只普通的家鸭；家鸭不可能会飞，更不可能连续飞行近200米！我决心要找到这只会飞的鸭子。

小小的村落里是藏不住秘密的，傍晚时分，我在同事的指点下走进一个农家小院。一对朴实的夫妇搓着双手迎出门来："哎呀，老师啊，你要买那只鸭子啊，不值俩钱的，拿去好了。买什么呀。"我笑笑："那怎么行？钱是一定要给的。"我已经知道，那是一只纯种的家鸭，我知道那是一个宝贝；我已经想好，买到它，就马上申请吉尼斯纪录。但是，我只是笑笑,并不显出急切的样子。

喝过两杯浓茶,红脸膛的主人终于告诉我:"鸭子进圈了,我去帮你逮。"

"嗬,这么多鸭子啊!"我不由得叫起来,"都是一样的呀,你能知道是哪只吗?"

"哈哈,"他爽朗地笑起来,"那是最好认的一只鸭子了。不过,你要它做什么?"他好像忽然意识到什么,停住了脚步,"我给你捉只大的吧,那只是最小的,没有肉,又不会下蛋,"他停了一下,"连条腿都没有。"

什么?没有腿?没有腿?没有腿……

原来,这只鸭子在很小的时候,就被老鼠咬掉了双脚,主人以为它必死无疑,也没去理会它。谁知,它不但没有死,还慢慢长大了,而且学会了飞行!每天早晨,它就从巢里直接起飞,到 200 米外的池塘里游泳,晚上再飞回来。

我沉默了,我震惊了。

鸭子所以会飞,是因为没有腿。

鸭子,没腿,会飞。

没腿的鸭子,会飞的鸭子。

……

在主人的指点下,我看到了那只鸭子。

那是一只普通的灰色家鸭,只是体形略微瘦小些,此刻正把扁扁的嘴巴插在羽毛里闭目养神,和其他鸭子一样,安详而自在。在主人抓起它的时候,我看到了它的双腿,那只是两截短短的枯枝一样的东西,显然支撑不住它弱小的身体。可是在它的体内,蕴藏着多么大的力量啊!

在这一瞬间,我感悟到人生的真谛。从此,我不再抱怨生活。

成长悟语

如果没有双脚,不能行走,那就像鸭子那样飞翔度过一生。经历困境和苦难,你就比其他人拥有更多的时间思考人生。上帝是公平的,你失去某样东西,就会拥有另一样东西。

人是不可能被注定的

尽一切可能改变自己、丰富自己，享受生活中的各种惊喜，这才是我们来到这个世界的目的！

　　15岁那年，我还是半工半读的少年。有一次在茶楼打工，肚子太饿了，客人埋单离去后，我趁人不注意偷吃了一个客人剩下的叉烧包。谁知被经理看见了，他硬说我偷吃茶楼的食物，我死不承认，经理恼羞成怒给了我一个狠狠的耳光。当时一阵眩晕，眼泪不受控制地流下来了，而我也被开除了。

　　我一边哭一边走回我租住的地方。其实那只是一个两层铁架床的上层，香港称之为"笼屋"。我跟住在我隔壁床位的老伯哭诉，他慈祥地安慰我，我问老伯："为什么我的命这么苦？12岁爸妈就离婚不要我了，上学受人欺负，打工也被人冤枉，难道我注定要一辈子这么倒霉吗……"

　　老伯看着我好一会儿，突然笑出了声："嘿！小鬼头，胡说八道！谁告诉你人是要被注定的？要是这样那还有什么惊喜，连做百万富翁也没什么意思了。你这个小笨蛋！"说完他便去上班了。他是个当夜班的保安员，平时总是喋喋不休，我向来把他的话当耳边风，但他这一句"人是不可能被注定的"却把我一言惊醒。

　　我热爱音乐，无论路有多难走，我都坚持走下去，因为这样我才可以一生无悔。由坚持开始，我的执著、信心来了，10年之后，《一场游戏一场梦》面世了。

《一场游戏一场梦》是我的第一张唱片,它也见证了我生命的转折点。记得唱片上市的第一天,公司的一位"前辈"刺我:"王杰,你的唱腔实在太奇怪了,你觉得你的新唱片能卖多少?"他的眼神不太友善,但我还是很坦诚地说:"应该可以卖到 30 万张吧。"没想到,不到半天,我的回答就被当成笑话传遍了公司,甚至有人见到我开始叫我"30万"——在他们眼里,我是想一夜成名想疯了。看着他们的嘲笑,甚至连唱片的制作人都不帮我说句话。我只有在心里默念着老伯曾经说过的话,告诉自己:人是不可能被注定的,能否改变命运,就靠这一次了,唱片排出的第 7 天晚上,我下班后坐计程车回家。车窗外不断流逝着美丽的夜景,闪烁的霓虹灯照耀着街上的夜归人,我却无心欣赏,一想到将来,想到自己夸下 30 万的海口,我的心就一阵阵刺痛。

隐约中,计程车的收音机里传出一个悦耳的声音:接下来播放的是本周流行榜的冠军歌曲。一阵音乐的前奏响起,熟悉的旋律让我的心开始狂跳。主持人继续说:"本星期的流行榜冠军歌曲,就是王杰的《一场游戏一场梦》。"那一瞬间,我泪流满面。

第二天,我推开唱片公司大门,所有人的脸都在看到我的一瞬间挂上笑容。之后,我听到很多恭喜的声音,我不断向他们说着多谢,我不知道,这算不算是一场游戏一场梦。改变命运的时刻已经过去,而我也彻底相信了,人是不可能被注定的!

到现在为止,《一场游戏一场梦》销量已经超过 1800 万张,可能大家不相信,其实我从来没有觉得我红过,而后来感情突变,甚至在官司中家财散尽一切从头开始,我也没有觉得气馁。

在世事动荡中,我对那位老伯的话有了更加深切的体会,人的一生是不可能被注定的。人来到了这世上,就是为了体验惊喜与激情,同时,跌宕也难免。有过不一样的体验的人才是真正幸福的人,就像那位老伯,他只是个守夜的,可是谁能想到他心里的快乐与富足呢?所以,尽一切可能改变自己、丰富自己,享受生活中的各种惊喜,这才是我们来到这个世界的目的!

(王 杰)

成长悟语

人是不可能被注定的。命运就像一辆行驶的过山车,有时惊喜,有时低落,有时和缓,有时激烈,但和过山车不同的是,你的命运掌握在自己的手中,而不是司机的手中。你想拥有怎样的人生,需要自己去操控。

闪烁的希望

当有人问他是怎么坚持下来时,他指着远方的那片灯光说:"是那片灯光给我带来了希望。"

在一次航行中,由于海风袭来卷起很大的浪潮把船打沉了,船上人员死伤无数。有一个人却侥幸获得一个救生艇而幸免,他的救生艇在风浪上颠簸起伏,如同树叶一般被吹来吹去。他迷失了方向,救援人员也没有找到他。

天渐渐黑下来,饥饿寒冷和恐惧一起袭上心头。灾难使他除了这个救生艇之外,一无所有,甚至自己的眼镜也丢了,他的心灰暗到了极点,无助地望着天边。

忽然,他看到一片片阑珊的灯光,他高兴得几乎叫了出来。他奋力地划着小船,向那片灯光前进。然而,那片灯光似乎很远,天亮了,他也没有到达那里。

但是他没有死心,仍然继续艰难地划着小船,他想那里既然能看到灯光,就一定是一座城市或者港口,生的希望在他心中燃烧着。

白天时,灯光看不清了,只有在夜晚,那片灯光才在远处闪现,像是对他招手。

就这样,三天过去了,饥饿、干渴、疲惫更加严重地折磨他。有几次他都觉得自己快要崩溃了,但一想到远处的那片灯光,他又陡然增添了许多力量。

第四天,他依然向着那片让他有生还希望的灯光划着。最后,他实在是支撑不住了,就昏倒在艇上,虽然如此,但他脑海中却始终闪现着那片灯光,依然认为自己能够活着到达那片有灯光的港湾或码头。

到了晚上,终于有一艘经过的船把他救了上来。当他醒来时,大家才知道,他已经没吃没喝在海上漂泊了四天四夜。

当有人问他是怎么坚持下来时,他指着远方的那片灯光说:"是那片灯光给我带来了希望。"

大家顺着他指的地方望去,那里哪是什么灯光,只不过是天边闪烁的星星!

一个孩子被困在地震的废墟中 5 天 5 夜,没食物,没水源,却没有死亡,因为他坚信他的父亲无论什么时候都会保护他。如果人超越了生存的极限叫做奇迹,那么,这些奇迹都是在坚强的信念中孕育的。

做一尾没有鳔的鱼

在浩瀚的海洋里，有一种鱼，它们没有鱼鳔，行动极为不便，很容易沉入海底。为了生存，它们只有不停地运动。

王雷是我的得意门生，他学习勤奋，功课很好。他的父母都是下岗工人，父亲在青龙街上修鞋，母亲在菜场卖菜，微薄的收入仅能糊口，再也供不起他继续深造。他大学毕业的时候，大学生早就不再是天之骄子，我看着他孤零零地投身社会，就像一尾鱼苗被投入大江大河，残酷的现实宛如汹涌的波涛，将他彻头彻尾淹没。他始终找不到接收单位，我爱莫能助，只能再三激励他，稍尽绵薄。

终于，有所大专院校聘用王雷做临时工。王雷物理系毕业，到学院电教馆打工。烈日炎炎的中午，他一个人在楼顶上安装学院局域网室外线。电教馆还有十多个人，都是正式工，他们都在空调房间里避暑。没有人帮他挪梯子，没有人帮他递工具，他只好全副武装起来：脖子上挂着工具包，腰间缠着电线，像一只猴子似的爬上爬下。天上，一轮骄阳；身边，一群不知疲倦的知了，只有它们默默地注视着这个汗流浃背的小伙子。

一个中年男人路过这里，看见了正在忙碌的王雷——这个中年男人，是学院的院长。

王雷的命运从此改变：他被这个学院正式接收，成了一名教员。后来，他走上教研室的领导岗位，再后来，他做了系主任的副手。当院长调走的时候,他已经是系主任了。

王雷是这个学院有史以来最年轻的系主任。

按说,王雷已经功成名就,可以坐享其成了,但是王雷一如既往地工作着,仿佛一只辛勤的工蜂。王雷脚踏实地、雷厉风行的工作作风让所有人感动。系里许多老师学历比王雷过硬,有的还比王雷来得早,但对王雷都挺尊重。

又一届毕业生即将离校,学院领导想让王雷现身说法,做一场报告,指导学生就业。王雷答应了。王雷邀请我去听他的报告,我欣然前往。王雷在会堂门口等我,看见我来了,赶紧跑过来,握住我的手,向我问好。

我问王雷,准备好了吗?

王雷笑了笑,一副胸有成竹的样子。

我放心了,和王雷一起步入会堂。我找个位置坐下,目送王雷走上讲台。

王雷的目光在整个会堂环顾一遍,便开始演讲:

各位同学:

大家好!

我想,此时此刻,你们的心情正和我八年前的这个季节一模一样。那时候,国家开始取消大学生分配制度,倡导自主择业。我一度愁肠百结,茫然无措……

就在这时,我的一位老师给我讲了一个故事。这个故事对我启发很大。今天,我很想把这个故事讲给在座的各位同学听。

我的老师告诉我,在浩瀚的海洋里,生存着数以万计的鱼类。这些鱼大都有鱼鳔,可以自由沉浮。但是,有一种鱼,它们没有鱼鳔,行动极为不便,很容易沉入海底。为了生存,它们只有不停地运动。许多年以后,这种鱼拥有了强健的体魄,成为当今海洋的霸主。它们就是海洋中最凶猛的鱼类——鲨鱼。

我的老师告诫我,你现在就是一尾没有鱼鳔的鱼,但是,能不能成为一条在海洋里自由驰骋的鲨鱼,要看你自己的努力。

我的故事大家可能都听说过。开始的时候，我是咱们学院电教馆的临时工，但是我没有气馁，我一直以鲨鱼为榜样，奋力拼搏着。其实，我的成功确实微不足道。还有一个人，他应该是第一个以鲨鱼为榜样的人，后来，他的事业取得了令人瞩目的成就。

这是一个美国人。当他还是穷小子的时候，写信求助于当时的银行家罗斯，希望获得资助，以便读书，然后找工作。罗斯先生回了一封信，讲述了一个故事——就是我的老师讲给我听的关于鲨鱼的那个故事。从那以后，这个小伙子不再好高骛远，开始从事最不起眼的工作，一步步将事业发展壮大——他就是美国石油大王哈特。后来，他娶了罗斯先生的女儿。

我希望你们都能以鲨鱼为榜样，干出一番属于自己的事业。

我的老师就坐在你们中间。现在，请老师站起来，我要当众向老师致谢。希望在以后的某一天，当你们取得成功的时候，我也能接受你们诚挚的谢意。

我缓缓站起来，向大家招手。我看见同学们年轻的面孔，仿佛饱满的向日葵，对着我灿烂开放。我看见王雷弯下高大的身躯，冲着我深深地鞠了一躬。

如雷的掌声响起来，泪水不由自主地夺眶而出，我的视线模糊了。

（江　岸）

成长悟语

一个山区的孩子，积累了令人羡慕的财富，别人问他成功的原因，他说："小时候下雨，家里穷没有伞，所以我要比别人跑得快！长大后我知道自己什么都没有，所以我还是要跑得比别人快！"如果你没有可以帮助你成功的客观条件，那么你就靠自己吧，训练自己快跑的能力！

没 有 责 备

事后的责备并不是最重要的,有时候,它根本一点儿用处也没有。最重要的,是心灵和未来。

念大学一年级时,我和简·怀特是同学并很快成为好朋友,因而结识了她全家。她的父母怀特夫妇共有六个孩子:三男三女。也许因为其中一个男孩早夭,剩下的五个孩子分外相亲相爱。他们全家非常热情,将我当做久别的表亲来款待。怀特家的气氛和我家迥然不同,让我如沐春风,很快就融入这个大家庭里。而在我家,充斥着呵责和抱怨,于是"人人自危",时刻准备推脱干系并提防飞来的处罚。

比如,妈妈看到厨房里一片狼藉,立刻高声追究责任:"谁干的?"爸爸看到猫四处逃窜或洗碗机坏了,不由分说把账算在我头上:"凯瑟琳,准是你的错。"而从小开始,我们兄弟姐妹就学会了诟病对方,常常把餐桌变成唇枪舌剑的战场。

可事情如果发生在怀特家,他们不会互相推脱抱怨,急着寻找肇事者,而是努力解决问题,然后让生活平静而美满地继续。

那年夏天,我和怀特姐妹决定:从佛罗里达到纽约,搞一次汽车旅行。怀特家两个年长的女儿,正念大学的莎拉和简,早就持有驾照,有比较丰富的驾驶经验。小妹妹艾眉刚满 16 岁,新近获得了驾照。因为可以在旅途中偶尔小试身手,艾眉非常激动,一路上都"咯咯"笑着向遇到的人展示她的新驾照。

莎拉、简和我轮流驾车,开到人烟稀少的地方,就让艾眉练练手艺。到达南加利福尼亚,我们吃过午饭上路时,让艾眉坐到了驾驶座。开到一个十字路口,也许是缺乏经验而心慌,艾眉没有注意到前方亮起的红灯,直闯了过去,结果,刚好和一辆大拖车相撞。简当场死亡,莎拉头部受伤,艾眉腿骨骨折,我擦破一点儿皮。伤痛只是小事,让我难以承受的是:在电话里,我要亲口告知怀特夫妇简的死讯。失去一个挚友,已经让我无比心痛;失去一个女儿,对父母来说将是何等撕心裂肺啊!怀特夫妇接到电话,立刻赶到医院。他们紧紧拥抱住我们,悲喜交加、热泪纵横。然后,怀特夫妇擦干两个女儿脸上的泪滴,开始谈笑。在艾眉学习使用拐杖时,他们甚至还为那歪歪扭扭的姿势,逗弄得艾眉"咯咯"直笑。对于两个幸存的女儿,尤其是艾眉,怀特夫妇始终温言慈语。

我震惊了:怀特夫妇没有责难,没有抱怨……

后来,我问怀特夫妇为什么没有教训艾眉,事实上,简正是死于她闯红灯造成的车祸。

怀特夫人说:"简离开了,我们非常想念她。可是,不论我们再说什么或做什么,都不能让简起死回生。逝者已矣,而艾眉还有漫长的人生,如果我们再责难艾眉,她背负着'造成姐姐死亡'的包袱,怎能拥有一个完整、健康和美好的未来呢!"

事实证明,怀特夫妇的做法完全正确。艾眉大学毕业后,成为一名教师,专门教智障儿童。几年前,艾眉有了一个美满的婚姻。不久,成为两个女儿的母亲。年长的那个小女孩,起名叫做"简"。

从怀特夫妇那里,我领悟到——

事后的责备并不是最重要的,有时候,它根本一点儿用处也没有。最重要的,是心灵和未来。

([美]凯瑟琳·詹森·盖尔)

成长悟语

责备并不能使人认识错误,反而会令人逆反,重复错误;责备不能改变错误,不能挽回损失的一切,不能培养责任感,反而会令人学会推卸责任。责备是一种无益的发泄方式,它会伤害你爱的人,甚至会令他们离开你。换一种方式对待犯过错的人,也许效果会更好。

不　悔

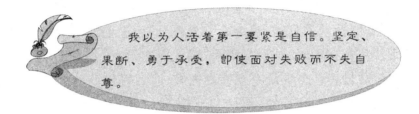

我以为人活着第一要紧是自信。坚定、果断、勇于承受,即使面对失败而不失自尊。

　　几年前,一位小姐邀稿于我,说是要写一句对自己影响最大的人生格言,并说,这格言可以是别人说的,也可以是自己说的。格言当然总是出自名人或伟人,自拟的所谓格言再反过来"影响自己一生"这说法总有些不妥。

　　但我实在犯难。想来想去,似乎因别人的一句话而影响和决定了一生的并没有。尽管小时候大人们曾用"少小不努力,老大徒伤悲"之类的话劝勉过我,但真的"老大"了,却发现它并不能真正打动我的心。后来,又有自觉或被迫诵读的当今圣人的话之类,虽然那些话充满了哲理,但不免有点儿居高临下,令人敬而远之。

　　孔子和鲁迅都说过许多漂亮的话,但那些也很难决定一生。当古代圣贤和当今圣贤都不能解决问题的时候,人只能求助于自己。反顾自身,平生为人处事,大抵奉行着从容而坚定的姿态,我于是为自己"创造"了,或者说,是总结出这样一句话:"决心去做的事,绝不反悔。"在这句"格言"的背后,站立着我的一个完整的人生态度,即,我以为人活着第一要紧是自信。坚定、果断、勇于承受，即使面对失败而不失自尊。

"永久的悔"这题目对我是真正的难题，前面说到了我的人生格言是"不悔"，又如何做这"悔"的文章呢？好在也包括"虽九死而犹未悔"，这样，我也许还凑合着可以交差。

我是凡人，不可能无过失，因而不可能总是无悔。但事实却是我很少有悔。因为我奉行的是不悔的人生。前面说的那句"自拟格言"便是这种"奉行"的宣言。那话乍听起来真有点儿一意孤行的味道，因而要加以必要的注释。

事有大小，情有重轻，"决心去做"云云，指的是需要"下决心"去做的，并不是所有的事。有些事去做就是，无须踟蹰再三然后再下决心。这些事不是例行便是日常，也会有失误，但谈不上悔或不悔的严重。那些要"下决心"去做的，一般不属于"鸡毛蒜皮"则要思而后行，甚至再思、三思而后行。这类事没有把握硬去做，叫做轻举妄动。需要决心去做的，则属于必做的和非做不可的。这样的事，不做则已，做则必成。这个过程，即指周密的权衡，谋事之初要多思慎虑，一旦认为必行，则期以必成，决心和行动都要果断。

一件事没有做完就扔下，是半途而废。一般说来，这半途而废乃是陋习，是缺乏自信也缺乏自律的表现。审时度势而下了决心，加上行事之中的机智和审慎，一般总会成功，一般不至于事与愿违。但"事不如意常八九"，世上总有难料之事，总有许多意外。意外就是主观因素之外的突如其来，这是任何坚定而自信的人也无法躲避的。

即使面对一个周密从事计划的，决策的误差和实践的受阻也许会导致失败，面对这样意想不到的情况，作为"格言"的奉行者，我的态度依然是"不悔"。这不意味着不面对事实，而是更为超脱地面对事实：一个理智的人要敢于面对失败。从另一个角度看，这面对失败的"不悔"，是寻求心理的健康。因失败而怨尤，是一种自我折磨。失败不能让人消沉，失败应当是另一种境界的始端。人必须承认失败只属于自己——尽管失败有许多自己以外的原因，但失败的苦果只能由自己品尝。在这个时候，人既不能自怨，也不必怨人。

对于崇尚行动的人，纠正的办法是用下一个行动的成功来抵消前一个行动的失败。对于失败的承受，和对于一个成功的期待，是人生的至乐。因此，我坚定相信自己的这一句发明："决心去做的事，绝不反悔。"

（谢　晃）

把目光投向身后，留恋于过去的阴影，你将错过太阳。失败并不可怕，可怕的是后悔，后悔会让我们自责，会蒙蔽我们的眼睛。不要常常向后看，多点儿向前看，错过了一处风景，还会有另一片风景。

一只鸭子的奋斗历程

只有在泥水里摔打过、在汗水里浸泡过、在泪水里腌渍过的人生，才算是一种完整的人生。

他来到这个世界上的时候，就遭遇到了歧视。那个把他带到这个世界上来的母亲，如果不是因为自身的母爱使然，而接受了别人的建议的话，那么他就会一直被封闭在坚硬的壳里面无法面世了。谢天谢地，丑陋的他终于站在自己的兄弟姐妹中间了。

在那个被称做家园，被诗人反复吟唱的地方，他开始饱受歧视。一些同类开始对他使用暴力，理由就是因为看他不顺眼，而自己的兄弟

姐妹也开始讥笑和奚落他的丑陋：他粗壮，缺乏讨人喜欢的嘴巴、羽毛和体形，以至于后来连他的母亲也对他厌烦了。一句谎话说三遍就可以成为真理，更何况是一句看起来有几分真实的话呢？

这真是糟糕透顶。

"伤害你最深的，往往是你最亲近的人"，对于缺乏竞争优势的人而言，"他人就是地狱"。等明白了这层道理，他开始流浪。

他最初的去处是一个贫穷的老太婆家，这个老太婆住在一间破草房里。房子摇摇欲坠，但是由于没有考虑好往哪边倒比较好，所以暂时就还在寒风里硬挺着。老太婆老眼昏花，但是她家里有两个聪明人。这两个聪明人一直认为世界是由两部分组成的：一半是他们自己，另外一半是他们之外的全部。他们认为自己是世界上最博学和聪明的人，而这个世界上最值得佩服的人就是那个老太婆。这两个聪明人还认为：世界上最渊博的学问就是下蛋和通过手的抚摸让自己的皮毛放电。他们很骄傲。

但是，新来的这个家伙显然不识趣，他生硬地发言说游泳比下蛋好。这还了得！于是两个先入为主的人不能容忍新来的这个家伙破坏世界旧秩序的行为，对他下了命令：在聪明人讨论问题的时候，请闭上你的嘴！

在对人世间的偏执和狭隘有了更进一步的了解之后，他只好选择继续流浪。

于是，他继续走。后来他遇到了另外一个族类。这个族的人来自于遥远的羽国，他们和地上的这群人相比要纯洁善良得多。他们都披着羽毛做的大氅，在天上自由地飞来飞去。看到他很孤单，这个族里的人邀请他一起飞翔。

可是，丛林法则在这个世界上似乎是一层重重的恶咒。一群手里拿着枪、撵着狗的所谓文明人打破了大家美好的生活。

很多美丽的羽国人的鲜血染红了洁白的大氅。他只是跑，不断地跑。后来他抱着一颗受惊的心想窝在草丛里以躲避搜捕的时候，突然蹿出来一条凶恶的猎狗，他吓晕了。但是这条狗因为跟随主子而染上了挑肥拣瘦的毛病，它看到丑陋的他(我们面前已经讲过的)，气咻咻地走了。

他活下来了，并在心里暗暗发誓今生无论如何不再接受那些束缚人的所谓规则。"我想我还是应该到更广大的世界里去好"，他一遍遍地念着自己当初的誓言，那是他离开老太婆的小屋子的时候说的。

他继续走。

天气开始冷下来，他到处躲避寒冷的侵袭。他喜欢游泳，但是无疑这个季节还不适合游泳。后来，他被冻在冰上，昏死过去。

"生活就是受难，生活就是一次次历险。"悲惨的生活，让他明白了寒风的刀锋和食物的可口，也磨砺了他的心智，擦亮了他的眼睛，这就是为什么很多穷人更富有智慧，而为富不仁者更加愚蠢的缘故。

再后来终于春暖花开了。冰化了，惊蛰已过，大片大片的野花飘落在水上，我们的这个潜意识里就喜欢游泳的伙计高兴了，他跳到水里，欢快地游着，他抬起上肢，发觉力量充盈。他，飞起来了！

在一个美丽的湖边，他发觉嗓子有些异样，于是叫了一声。这声音把他自己吓了一跳，他，俯下身去，在水里看到自己的影子，原来自己是一只美丽的天鹅。

这时候，如果我们还要说"只要你是天鹅蛋，就是生在养鸡场里也没有什么关系"之类的话，那就太老套了。我们只能说，只有在泥水里摔打过、在汗水里浸泡过、在泪水里腌渍过的人生，才算是一种完整的人生。

（冯　磊）

成长悟语

　　只有经历人世的磨练，只有经历过一系列挫折，只有付出过汗水和泪水，才算是一种完整的人生。

用拥抱回报拥抱

这拥抱是他在门前经常做的那种拥抱，不同的是这是第一次有人用拥抱来回报他的拥抱。

在美国有一个非常富有的男人。由于他很富裕，不论是左邻右舍还是外地人都认识他或知道他。通常，他的门铃响起时，门外总是站着请求募捐的人。有时，按响门铃的是某个陷于困境的邻居，于是他面带微笑地拥抱一下来人，并大方地将一把钞票塞到他的手中。有时门铃响后见到的是代表非洲饥饿儿童的慈善团体，他便含着笑，拥抱一下门外的慈善机构的来人，随后签上一张数额不小的支票。

一天晚上，外面特别安静，这个富翁决定出去走一走。他沿着弯曲的街道，悠闲地一直往前漫步。突然一个躺在人行道上的流浪汉吸引了他的目光。那个流浪汉的运动衫破旧不堪，虽然穿着鞋，但互不相配，而且身上散发出臭味。流浪汉同时也看到了他，并且知道他是谁，但他没有伸出手，而是把自己的脸掩藏起来。富人站在这个衣衫褴褛的流浪汉身旁，俯下身，轻轻地抚摸了一下他的面颊，但是流浪汉却旋即闪开了脸。富人不禁苦笑了一下，慢慢转过身，向回家的路上走去。

听到富人的脚步声在拐弯处消失后，流浪汉才睁开眼睛，坐起身来。在他的脚边有一张崭新的百元美钞。他一把抓起钞票，然后起身径直冲向最近的商店。同所有的流浪汉一样，他的第一个念头便是把钱挥霍在喝酒上。

然而，当流浪汉的双脚就要迈进商店时，他猛然又感受到了富人那充满爱心的抚摸。他心中不禁为之振奋，他下决心要从那一刻、那个地方重新开始人生。他随即向一个老妇人讨了两个10美分的硬币。"哟，"老妇问他，"你不再买酒了？"流浪汉摇了摇头，然后把钱塞进了最近的电话机投币口。流浪汉对接电话的经纪人说："100美元，全部投到微软公司。"由于当时正值20世纪80年代末，所以只经过很短一段时间，股票便飞涨了。这个流浪汉便因此摇身一变成了腰缠万贯者。

　　故事再回到洛杉矶东部。几年的光阴缓慢流逝，慷慨的富翁生活依旧：傍晚散散步，用口哨吹吹音乐曲调，或是开门迎接来客。

　　有一天，门铃又响了。富翁打开门，只见门外站着一位衣着考究的绅士。"啊哈，一定又是募捐。"富翁寻思着。但当他刚要说话时，客人先开口了。

　　"你就是那位富翁，对吧？"客人问道。

　　"我能为你做点儿什么呢？"富翁说道，对被请求给予钱物他已习以为常。

　　"不是你要为我做什么，"客人说，"而是你已经为我做的。"

　　"我已经为你做的？"富翁惊异地问道。

　　"你给了我第二次人生的机会。有了你慷慨的捐助，我得以投资并终于摆脱了贫穷。我再也不必在穷途末路上堕落了，我已能在拥挤的人行道上昂首阔步了。为此我要向你表示感谢。"富翁终于认出这位来客就是曾经蜷缩在街头的那个流浪汉。于是他说道："我当时给你钱时，你并没有向我索取。我只是因为看到你在那里，出于爱心才这样做的。换了别的人，我也会给他的。"

　　"正因为如此，我更要来向你致谢。"客人说道。

　　"可是我很富有，"富翁说，"我有很多钱财要给别人，而从未想到要从别人那里得到回报。"

　　"很好。"客人点头称道，"其实我也没有什么东西送给你——我所有的一切，都是你给的。我来这里的唯一目的就是向你道声谢谢。"富翁睁大了眼睛看着向他走近的来客，将他拥抱。这拥抱是他在门前经常做的那种拥抱，不同的是这是第一次有人用拥抱来回报他的拥抱。

当他的客人,一个曾经流浪街头的人紧紧地拥抱着他时,富翁感到这是有生以来最使他感到满足的拥抱,他的眼泪夺眶而出。

([美]路易斯·尤拉诺　编译/李有观)

成长悟语

　　"流浪汉"是幸福的,他得到的不单是施舍,还有尊重和关怀。富人是幸福的,他得到不单是金钱的回赠,还有感恩的回报。用拥抱回报拥抱,两个拥有美好心灵的男人,以雕像般的动作,表达了什么是真正的心灵付出。

撬开你的心门

这个世界充满爱，亲情、友情……有的时候，相互之间的一个小小的关爱，就能让我们感动一生，在这个到处流着爱的血液的世界里，我们所要做的，就是用自己的心，去融化、温暖别人，世界本来就是一个美丽的大家庭，她本来就应该充满着爱。

撬开你的心门

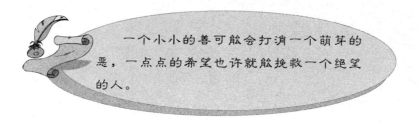

一个小小的善可能会打消一个萌芽的恶，一点点的希望也许就能挽救一个绝望的人。

安那西，是法国最古老的城市。莫尔是那里的一位德高望重的医生，在他手上起死回生的人数不胜数。

然而20年前，他却是一个劳改犯，因为情人背叛他投向了别人的怀抱，他一怒之下刺伤了那个男人，由一个名牌大学的学生变成了犯人，开始了三年的牢狱生活。

等他出狱后，情人早已经嫁人，而劳改犯的身份也让他在找工作的时候受尽了白眼和嘲笑。在极度的痛苦中，莫尔一气之下跑去抢劫。他早就注意到在街东有一家是很好的猎物，大人都出去上班很晚才回来，只剩下一个盲童在家，非常容易得手。

于是，他撬开了大门，带着一把匕首蹑手蹑脚地进到了屋内。一个稚嫩的声音问："是谁啊？"莫尔随意地找了个借口："我是你爸爸的朋友，他把钥匙给我了。"小孩听了很高兴，毫无防备地说："欢迎您，只不过我爸爸还要等到晚上才能回家。叔叔，您愿意先和我一起玩一会儿吗？"他睁着明亮的却什么都看不见的眼睛，满脸的期待。在这种祈求的神情下，莫尔竟然忘了来此的目的，一口答应了。令他惊讶的是，这个8岁的盲童钢琴弹得行云流水，乐感极好，一段段轻快的音乐，就是一个正常的小孩也要付出很大的努力，更何况是个什么都看不见的小孩呢。弹奏完钢琴后，小孩还给莫尔画出了一个自己感受到的世界，太阳、花朵、父母、伙伴，等等。在这个盲童的世界里不是一片空白，虽然他的画是那么的笨拙，连圆和方都分不清楚，可是他却画得那么认真，那么虔诚。

"叔叔，太阳是这个样子的吗？"莫尔忽然很感动，他用指尖在盲童的手心里画了好几个圆圈，"太阳是这个样子的，又圆又亮，而且是金色的。""叔叔，什么是金色啊？"他仰着小脸追问。莫尔愣了一下，然后把他带到阳光底下："金色是一种很有生命力的颜色，能让人觉得温暖，就像我们吃的面包一样给人力量。"盲童开心地用手在四周触摸："叔叔，我感觉到了，真暖和啊，它应该是和叔叔的微笑一样的颜色。"莫尔耐心地为他描述了很多物品的颜色和形状，他尽量讲得生动形象，让这个原本想象力很丰富的孩子容易理解。盲童易凯听得那么出神，他没有了视觉，可是他的触觉、听觉和感受能力都比一般的小孩强很多。时间在不知不觉中流逝。

最后，莫尔才想起来此的目的。可是，他再也不可能去抢劫了。只不过是受了点儿世人的白眼和生活的打击就准备去犯罪，和易凯比起来，他是多么无地自容啊。他给易凯的父母留下了一张字条："尊敬的先生和女士，原谅我撬开了你们的门。你们是伟大的父母，养育了这样好的儿子，虽然他的眼睛看不见了，但是他的心很明亮，他教给了我很多东西，撬开了我的心门。"

三年之后，莫尔自学完成了大学里热爱的医科学业，开始了医生生涯。

六年之后，他和同事们一起为易凯成功地完成了眼科手术，让他见到了光明。易凯终于成为一位出色的钢琴家，在全国各地开始演出。每一场演出，莫尔都尽量到现场去，在台下一个不起眼的角落，默默地倾听着当年的盲童弹奏的、能够洗涤他心灵的音乐。

在莫尔对世人和生活失望的时候，是小易凯的乐观和坚强给了他温暖和信心。在一个黑暗的世界里生活着的易凯，从没有对生活绝望而自暴自弃过，他让人看到了一个人的生命力有多么的强大，那种对生活的向往和热情，深深地打动和感染了莫尔。

爱从来就能创造爱,希望也可以点燃希望。一个小小的善可能会打消一个萌芽的恶,一点点的希望也许就能挽救一个绝望的人,甚至因此而改变一个人一生的命运和许多人的生活,比如莫尔曾经帮助过的那些人。当绝望的时候,只要把心门撬开一点点,希望的光就会透进来了。

(王小艾)

成长悟语

不要拒绝世界,紧闭心门也就同时拒绝了阳光。在绝望的时候,给自己点燃一根心灵的蜡烛。无论黑暗多嚣张,一根小小的蜡烛就能把黑暗打败,蜡烛虽小,光芒虽然黯淡,但却是黑暗淹没不了的。

生 命 时 钟

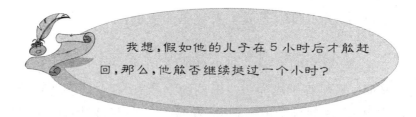

我想,假如他的儿子在 5 小时后才能赶回,那么,他能否继续挺过一个小时?

朋友的父亲病危,朋友从国外给我打来电话,让我帮他。

我知道他的意思,即使以最快的速度,他也只能在 4 个小时后赶回来,而他的父亲,已经不可能再挺过 4 个小时。

赶到医院时,见到朋友的父亲浑身插满管子,正急促地呼吸。床前,围满了悲伤的亲人。

那时朋友的父亲狂躁不安,双眼紧闭着,双手胡乱地抓。我听到他含糊不清地叫着朋友的名字。

每个人都在看我,目光中充满着无奈的期待。我走过去,轻轻抓起他的手,我说,是我,我回来了。

朋友的父亲立刻安静下来,面部表情也变得安详。但仅仅过了一会儿,他又一次变得狂躁,他松开我的手,继续胡乱地抓。

我知道,我骗不了他。没有人比他更了解自己的儿子。

于是我告诉他,他的儿子现在还在国外,但 4 个小时后,肯定可以赶回来。我对朋友的父亲说,我保证。

我看到他的亲人们惊恐的目光。

但朋友的父亲却又一次安静下来,然后他的头,努力向一个方向歪着,一只手急切地举起。

我注意到,那个方向的墙上,挂了一个时钟。

我对朋友的父亲说,现在是 1 点 10 分,5 点 10 分时,你的儿子将会赶来。

朋友的父亲放下他的手,我看到他长舒了一口气,尽管他双眼紧闭,但我仿佛可以感觉到他期待的目光。

每隔 10 分钟,我就会抓着他的手,跟他报一下时间。4 个小时被每一个 10 分钟整齐地分割,有时候我感到他即将离去,但却总被一个个的 10 分钟唤回。

朋友终于赶到了医院,他抓着父亲的手,他说,是我,我回来了。

我看到朋友的父亲从紧闭的双眼里流出两滴满足的眼泪,然后,静静地离去。

朋友的父亲,为了等待他的儿子,为了听听他的儿子的声音,挺过了他生命中最后的也是最漫长的 4 个小时。每一名医生都说,不可思议。

后来,我想,假如他的儿子在 5 小时后才能赶回,那么,他能否继续挺过 1 个小时?

我想,会的。生命的最后一刻,亲情让他不忍离去。

悠悠亲情,每一个世人的生命时钟。

（周海亮）

成长悟语

　　父爱的时钟分毫不差,在儿子出现的时候走向了终止。其实父爱的时钟,都有不可思议的准确,无论他们的指针怎样转动,这些指针的圆心都是他们的孩子,为了自己的孩子,他们不分昼夜地运行。

爱 分 享

　　如果你选择了爱,财富与成功便可能相随而来。但如果你选择了财富或成功,你将有可能失去另外两项。

　　有位妇人走到屋外,看见前院坐着三位有着长白胡须的老人。她并不认识他们,于是说:"我想我并不认识你们,不过你们应该饿了,请进来吃点儿东西吧。"

　　"家里的男主人在吗?"老人们问。

　　"不在,"妇人说,"他出去了。"

　　"那我们不能进去。"老人们回答说。

　　傍晚当她的丈夫回家后,妇人告诉丈夫事情的经过。

　　"去告诉他们我在家里了,并邀请他们进来。"

　　妇人走出去邀请三位老人进屋内。

　　"我们不可以一起进去一个房屋内。"老人们回答说。

　　"为什么呢?"妇人困惑地问。

其中一位老人解释说："他的名字是财富。"指着他的一位朋友说。

然后又指着另外一位说："他是成功,而我是爱。"

接着又补充说："你现在进去跟你丈夫讨论一下,要我们其中的哪一位到你们的家里。"

妇人进去告诉她丈夫刚刚谈话的内容。

她丈夫非常高兴地说："原来是这么一回事啊!让我们邀请财富进来!"

妇人并不同意,说道："亲爱的,我们何不邀请成功进来呢?"

他们的媳妇在屋内的另一个角落聆听他们的谈话,就补充了自己的建议："我们邀请爱进来不是更好吗?"

丈夫对其太太讲："就让我们照着媳妇的意见办吧!快去请爱来做客。"

妇人到屋外问那三位老者："请问哪位是爱?"

爱起身朝屋子走去。另外两位也跟着他一起进去。

妇人惊讶地问财富和成功："我只邀请爱,怎么连你们也一道来了呢?"

老者齐声回答："如果你邀请的是财富或成功,另外两人都不会跟进,而如果你邀请爱的话,那么无论爱走到哪儿,我们都会跟随。"

爱、财富与成功,你选择了什么,舍弃了什么?

如果你选择了爱,财富与成功便可能相随而来。但如果你选择了财富或成功,你将有可能失去另外两项。

爱分享,爱相随。哪儿有爱,哪儿就有财富和成功。

拥有财富和成功不一定能同时拥有爱。拥有爱却同时拥有了财富与成功。什么是财富,即使只够温饱,有家人和朋友的爱,我们的生活也是富足的;什么是成功,就算我们未能达到自己的目标,但我们身边有亲人和朋友的支持和呐喊,这也是一种成功。

每天多看一遍富士山

人心都是肉长的。无论身处何种角色，人的内心世界都渴望着关怀和友爱，有一颗容易被感动的心。

日本有一家电子公司，总部设在东京，分部和生产区设在大阪。为此，公司每天都安排了值勤小姐负责购买专线车票，为与本公司有业务往来的客人和外商提供方便。

德国人汉森是每天享受这种方便的外商之一。在坐过多次专线车后，他发现：每一次去大阪，小姐给他安排的座位是靠右窗的；赴东京的时候，则是靠左窗。起初，他以为是巧合，经小姐证实不是巧合之后，他就有点儿想不明白了。这时候，小姐微笑着告诉他："这是特意为您安排的，因为在这个座位上，来回都能够看到咱们这儿最美的风景。每天让您多看一遍富士山，是为了让您深深地记住这个地方，记住咱们的公司。"

每天多看一遍富士山，成了汉森在日本生活、工作期间最感动的一件事。这种感动也使得与他合作的那家公司得到了超值的回报——后来，汉森把他原计划的投资追加了一倍。

让客人每天多看一遍富士山，不过是举手之劳，但是，这种举手之劳背后体现出来的细致入微的人性化关怀，却是很少有人留心并做到的。其精妙之处便是站在别人的立场，想他人之所想，最终实现与人方便，自己方便。

人心都是肉长的。无论身处何种角色，人的内心世界都渴望着关怀和友爱，有一颗容易被感动的心。所以，在很多看似当仁不让、舍我其谁的场合，最终的胜利者往往是人心向善焕发出的感动，是一种无需言传的沟通，共同让生命之舟抵达辉煌的彼岸。

（蒋　平）

德国有一个小镇，窗帘都是只有上半部分的，旅客不解地问当地人，得到的回答是：这是为了让来往的人都能看到窗台上的鲜花。站在别人的角度，给予别人关怀，会让你收获很多意想不到的回赠。

我 最 幸 福

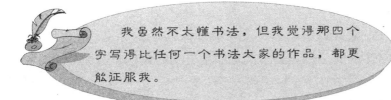

我虽然不太懂书法，但我觉得那四个字写得比任何一个书法大家的作品，都更能证服我。

打开电视，手中的遥控器无意中搜到这样一个画面：一个女孩儿在讲述她的经历。

女孩儿身材小小的，脸上带着微笑，眼里却闪着泪光。我还没听清她在说什么，就被她的微笑和泪光吸引住了。女孩儿正在讲述她上学时的一段经历："当时是冬天，特别冷。我趴在教室外的墙上，听老师讲课。老师提了一个问题,班上没有一个同学能回答出来。我想,这么简单的问题,他们怎么都不会呢?我也没想那么多,就把答案喊了出来。教室里的老师一直没有发现我,听我一喊,感觉非常惊讶,推开门出来看。我吓坏了,就从墙上掉了下来。老师被我的行为感动了,就把我领进了教室,对同学们说,咱们就收留她吧,每天让她和你们一块儿上课,不告诉学校。就这样,我上完了小学。"

女孩儿小学毕业考试成绩是他们全县的第一名,可是却没有一个中学录取她,因为她没有双手。讲到这里,我才发现女孩儿的两个袖管空空的,里面什么都没有。女孩儿的母亲脑子出了毛病,隔一段时间就要出走一次。在她很小的时候,她母亲又一次出走,她的双手就是因为母亲的出走失去的。具体怎么失去的,因为我是中途打开电视的,没有听到。

我听到主持人问她:"你的双手是因为母亲的出走失去的,你恨没恨过她?"她说:"没有。从来没有。我爱她,我总是觉得对不起她。"

一天,她的母亲又一次出走,就再也没有回来。后来,在结了冰的河里,找到了她的母亲。女孩儿讲到这里泪流满面,说:"是我没有照顾好母亲。"以后的日子里,女孩儿一想起不幸的母亲,就感到深深的自责。

没有了双手,失去了母亲,上不了中学,可是女孩儿却写了一篇作文,题目叫做《我最幸福》。作文在全县的一次征文中,获得了一等奖。主持人只念了开头的两段儿,里面没有一句抱怨,有的全是对生活的感激。

我的心里好像有一口大钟,被女孩儿这篇作文的题目,还有她对生活那种感激的态度,撞响了。回声在我的体内久久地、久久地震荡。

女孩儿辍学在家,除了给父亲、哥哥做饭,还自学了中学的课程。电视里有女孩儿用两只脚切土豆的画面,她切得很细,脸上带着坚毅自信的笑容,可我却看得心惊肉跳。我赶紧把妻子叫来一块儿看。儿子已经睡着了,我没敢把他叫醒。第二天,当我给他讲述这个女孩儿的时候,他说:"你怎么不把我叫醒呢!"

女孩儿说,她什么饭都会做,米饭、炒菜都是简单的,她还会蒸包子和包饺子呢。女孩儿不仅用双脚学会了做饭,还学会了画画和书法。

电视里展示了她的绘画作品，在我这个外行看来，水平绝对不低。她还现场表演了书法，她写的还是那四个字：我最幸福。字体端正大方。我虽然不太懂书法，但我觉得那四个字写得比任何一个书法大家的作品，都更能征服我。

如果哪一天，我有幸见到这个女孩儿，我一定请她给我写这四个字。我要把它装裱好，挂在家里最醒目的地方，向每一个看到它的人，介绍这四个字的出处。

(华　夏)

当你在人生的气球里注入冰冷的埋怨和悲观，你的人生气球永远不能飞行；当你在人生气球里注入热烈的感恩、希望和满足，你的人生气球就能膨胀，你就能体验到人生的幸福。

一份特殊的礼物

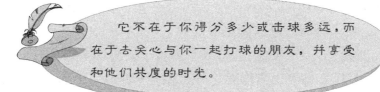

它不在于你得分多少或击球多远，而在于去关心与你一起打球的朋友，并享受和他们共度的时光。

肖恩只是一个8岁左右的小孩子。我第一次遇到他，是在一个夏日。他头戴一顶芝加哥公牛队的小帽子，下身穿一条需要系皮带才能挂得住的宽松裤，肩上背包里装着4根球杆和许多高尔夫球。有一次，他取下帽子，我注意到他没有头发。他比同龄的其他孩子要瘦小得多。

然而，不论我什么时候看到他与小伙伴们在一起，他都是面带微笑，并奋力将球击得和他们一样远。

我偶尔也和肖恩在一起打高尔夫球。他告诉我，打3杆洞，他发挥得最好，因为他通常都能将球顺利送上果岭。

一年左右的时间过去了，我在高尔夫球场上再没有看见肖恩。我听说他的病情恶化了，尽管如此，他的朋友们说在秋天来临之前，肖恩会尽量出来，再打几次高尔夫球。

果然，在接下来的那个星期，肖恩又在球场上出现了。我和朋友们刚好比他早到一会儿。我注意到他的一个伙伴替他拿着包。"留神点儿！"我听到肖恩告诉同伴们，"我觉得我今天运气应该不错！"

尽管他这么说，但他击球时却十分吃力。他和伙伴们打到3杆洞的最后一杆。伙伴们全都击过球了，肖恩走上击球区。他将球杆往后一挥，用他那虚弱的身体所能使出的最大力量奋力一击，球飞向果岭，消失在视线之外。他的一个朋友扶着他向果岭走去。他走得非常艰难，因为那里地势比发球区要高。我看到肖恩边停下来喘口气，边搜寻他的球。

肖恩的伙伴们都在果岭后面找自己的球。我无意中瞥见肖恩的一个朋友捡起肖恩的球，将它扔进球洞里。然后，他跑开了，假装在找他自己的球。他看到我正盯着他，朝我眨了眨眼睛。

当肖恩终于走上果岭后，他很失望，因为，他原本以为自己将球击上了果岭。然后，他瞥了一眼球洞，笑容立刻在他脸上绽开了花！男孩子们你看我，我看你，说："你不会告诉我你是一杆进洞吧！""不会的，肖恩，一定是你将球放进球洞里去的！"

"不，是真的。你们瞧！"肖恩说。男孩子们全都装出非常惊讶的样子。我去看肖恩，他看上去像是世界上最快乐的人。从那以后，我再也没有见过肖恩和他的朋友们。但是，我就是在那个时候懂得了高尔夫球这项运动的真谛。

它不在于你得分多少或击球多远，而在于去关心与你一起打球的朋友，并享受和他们共度的时光。

（编译／李荷卿）

一份特殊的礼物,一个善意的谎言,一群体贴善良的小精灵,给了一个被疾病煎熬的孩子生命中最幸福的时光。"朋友"这个词的含义是体贴对方,分享痛苦,也给予快乐,你懂吗?

母爱等于 0.018 秒

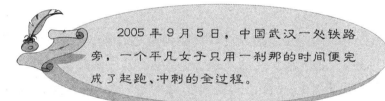

2005 年 9 月 5 日,中国武汉一处铁路旁,一个平凡女子只用一刹那的时间便完成了起跑、冲刺的全过程。

一刹那有多久?科学家告诉我们,一刹那是 0.018 秒。

一刹那是时间单位,可我们常常只用年月日来测量时间,唯有母亲用刹那来计算与孩子共度的时光。

2005 年 9 月 5 日中午,和往常一样,陈静送女儿李纯去学校。

从家里走到纸坊实验小学得经过一道铁路,桥下是潮湿黑暗的涵洞。接连几天下着雨,涵洞里积满了既深且黑的水,陈静便带着女儿沿台阶登上了铁路桥。

12 时 35 分,铁轨上静静地停着一列货车,很长,庞然大物一般,正好挡住李纯上学的路。如果想绕过火车,估计得往前走上十来分钟。

李纯决定从火车下穿过去,她笑着对母亲挥了挥手,说着"妈妈再见"就朝火车跑去。她一边跑还一边回头看着母亲,所以她是将腿和身

子先伸到火车下方的。就在那一刻,火车轰隆隆启动了。

李纳小小的身体一震,就僵在火车底下动也不会动了。她还没有完全钻进去,火车车轮眼看就要从女孩的胸部碾过。

陈静正站在离女儿几米远的地方。她没有时间思考,用离弦的箭或是呼啸的风都无法形容的速度冲向了火车下正处于生死存亡关头的女儿。往前奔的力量是如此之大,以至于她根本无法将女儿从铁轨上拔出来,而是一把拽起女儿小小的身体,两个人都冲到了火车底下。

没有任何犹豫,陈静用身体将女儿压在身下。她一头栽到铁轨枕木间的石头上,登时鼻青脸肿,但她感觉不到;车厢底部的铁板和每两节车厢间牵引的铁钩从她的背部硬生生地刮了过去,鲜血从单薄的衬衣里大面积渗了出来,她感觉不到;她的右脚仓促间撞到车厢底部,当场骨折,这刺骨的疼痛她也感觉不到。她满心全是另一种钻心的痛苦——女儿的生命保住了,然而女儿来不及缩到车厢底下的右手却被车轮碾过。

火车全然没有察觉地越开越快,越走越远。陈静站起身,一把将女儿背到背上,一手拾起女儿的断手,迈开步子就往铁路桥下冲。

她走了几步才发现自己的姿势不对劲,然后身体不受控制地倒了下去,原来她的脚已经骨折了。

陈静尽可能以最大面积着地,这样女儿就可以摔倒在她的身上,而她紧紧抓着的女儿的断手一直指向天空,她怕弄脏了它。

一个小时后,陈静母女俩被江夏区人民医院转送到广州军区武汉总医院。陈静背部大面积严重擦伤,脚也骨折了,但没有生命之虞。女儿李纯除了腕部碾断外,全身几乎没有伤痕……

2005年6月14日,22岁的牙买加选手阿萨法·鲍威尔创造了百米9秒77的新世界纪录,当时他的起跑反应达到了惊人的0.15秒。

2005年9月5日,中国武汉一处铁路旁,一个平凡女子只用一刹那的时间便完成了起跑、冲刺的全过程。

一刹那有多久?科学家经过精确计算表明,一刹那等于0.018秒。

这位平凡女子的名字也许不会被世人记住,虽然她创造了她自己永不可能再创造的奇迹——速度与起跑反应远远超越世界纪录的奇迹。然而,她的另一个名字必将永远被人们牢记,那就是——母亲。

（Kasuki）

成长悟语

母爱常常产生奇迹,一个普通的母亲为了救孩子,爆发出了专业运动员都比不上的力量。其实,更多的时候母亲为我们付出的只是默默的关怀,就像扎在土里的根,看不到,却扎得很深。

虚职实爱

看着墙壁上的这一合影,他们的内心总是充满了友善和爱的光芒。编辑部的工作也因此变得更有意义和乐趣。

一位原本家境就很贫寒的女大学生,从遥远的乡下来到北京上学还不到十天,家中就传来噩耗,父母姐妹在制作花炮的过程中,竟然在一声爆响里全被炸死了。家中房倒屋塌,不剩片瓦。从此女大学生举目无亲,再也没有一分钱的来源。

她含着眼泪向学校提出退学。看来这是唯一的办法。老师问她以后打算怎么办,她说家中有一亩一分地的水田,还有一头老牛。19岁的她面临着另一种生活,回家种地,做一名乡野农妇。

老师听罢同样哭了,同学们也在迅速地为这名还来不及熟悉的同学赞助车费。可转天老师告诉她，说爱人在学报工作，编辑部正需要一人看稿，一月350元。其他的我们再想办法。

她没有想到人逢绝路，又生出这样一线希望。她点点头，再次流出了泪水。

于是，她入学十天便成了一名学报的编辑。当然是业余。学校8000人，学生6500人。学报十天一张，稿子不多。她常没的看。但工资照发，月月350块。报社五个人，老张、老王、小李……人人都对她很好。她因课紧不能天天都去报社，居然没人找她。就是看稿也十分简单，改改错字，提些意见。她一度以为，做学报编辑真是轻松。

时光飞逝，落雨过去，又是落雪，四年的大学生活一晃过去了。她始终不知道，四年中的每月350块，并非学报所发，而是五名编辑人员从工资里均摊给她。她更不知道学校并不需要这样一位看稿编辑，一切都是为她专门设立的。

四年，没有人说破这个秘密；四年，她日日蒙在鼓里。她离校的那天，学报的全体编辑与她合了影，从此，她的相片高高地挂在编辑部的墙上。她走了，五位编辑突然觉得空落。到发工资的时候，他们已经习惯了将每月工资取出一部分，摊在一起。习惯了这种安慰与自我心灵的净化。献出爱心，原来是一种人生的收获和乐趣。于是他们决定，再帮助一位贫困生，将这种爱永久地延续下去。

他们又雇用了一名因交不起学费而要中途退学的山里孩子。

于是，每隔四年，他们墙壁上的合影中都要换一名新人，一位并不需要的编辑。这已经是三届。看着墙壁上的这一合影，他们的内心总是充满了友善和爱的光芒。编辑部的工作也因此变得更有意义和乐趣。

（星　竹）

成长悟语

　　为一个人付出自己的善心并不难，难的是付出爱心的同时不伤害困境中的人。虚的职位保护了大学生脆弱的尊严，实在的爱心包含了人的真诚和美好，在这一虚一实中，美好心灵的细致与柔软体现得淋漓尽致。

一个卖热狗的小贩

他所做的是我们每个人都应该去做却往往没有做到的事——关爱、帮助和信任我们的同类。

我曾在一家地方电台做了将近六年的访谈节目主持人,在节目中我曾与许多不同凡响的人物交流、攀谈。然而给我触动最深的却是一个卖热狗的小贩,但我们从未说过一句话。

起初,我在本地的日报上读到了有关他的报道,当时我就认定这个叫佩特罗斯的人理应得到公众的认可和赞赏。你不禁要问,一个卖热狗的小贩能有什么了不起的事迹值得一提呢?简而言之,他将我信仰的一切付诸行动。在纽约这个繁华冷漠的大都市里,佩特罗斯给予素不相识的陌生人以完全的信任。

佩特罗斯的热狗车就停在中央公园西大道和第 96 街交汇的拐角。二十多年来,他每日风雨无阻的身影已成为这里一道熟悉的风景。佩特罗斯的慷慨善良是出了名的。他的热狗车上,除了常用的各种调料,始终放着两个盒子:一个盒子里装着送给过路小孩的棒棒糖,另一个盒子里装着乘公共汽车需要的硬币。这里是商务旅行者集中之地,时常有旅客发现自己在匆忙之中忘了准备硬币,这时,佩特罗斯会乐呵呵地递上一枚说:"来,拿着这个,下次再还。"

他的热情大方还不止于此。炎热的夏日,经常有跑步锻炼的人在拐角处停下来,口干舌燥,气喘吁吁。这时,佩特罗斯会麻利地从冷柜中取出一瓶矿泉水说："来,拿着这个,下次再给钱!"如果对方掏钱,往往被他拒绝。

"我信任他们。"他常操着浓重的希腊口音说,"再说他们总是还我钱。"

佩特罗斯的故事坚定了我的信念,让我愈加相信人的本性是乐于奉献的。虽然这个世界上有着暴力和恐怖,我仍相信有更多默默无闻的佩特罗斯就在我们身边。

我决定为此做点儿什么。于是我策划了一期特别节目,并派记者前去采访佩特罗斯。我还给他捎了一件海军蓝的 T 恤衫作为礼物,T恤上印着我的座右铭:"我信任你!"

在 2 月料峭的春风中,记者手持录音机带着礼物来到他的热狗车前。直到此时,我们才发现他几乎不懂英语!

第二周,我在节目中用希腊的左巴音乐做背景,播放了下面这段录音:

"很……很好。大家好。我信任他们。谢谢!我信任好人。"

这就是他的全部话语。

当我写下这篇文字时,佩特罗斯的照片就放在我的桌面上:一把蓝黄相间的遮阳伞下,一位五十多岁、长着络腮胡子的男人站在热狗车旁;他拿着我赠给他的 T 恤衫,略带羞涩地微笑着,眼神中透出和善的光芒。

他的故事给了我希望。

他没有从熊熊燃烧的房屋里救人,也没有走遍全美国搞慈善募捐,他所做的是我们每个人都应该去做却往往没有做到的事——关爱、帮助和信任我们的同类。他做得出乎本心,流于自然,这才是这个平凡故事中的最不寻常之处。

(编译/涵 西)

成长悟语

舍己救人的善,耀眼;体现在生活细微处的善,恒久。对孩子爱护,对老人体贴,对陌生人信任,对生活热情……善,存在于生活的每一处,闪耀在每一个人的心里。细小的善,温暖人心,你和我都能做到。

温　　暖

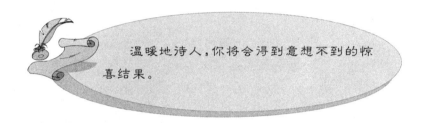

温暖地待人,你将会得到意想不到的惊喜结果。

　　有个男孩养了只小乌龟。在一个寒冷的冬天,小男孩想让这只乌龟探出头来,用尽了他所能想到的所有办法,却怎么也未能如愿。

　　他试着用手去拍打它,用棍子去敲击它……但任凭他怎么拍、怎么敲,乌龟就是连动也不动,气得他整天噘着那张小嘴,显得很不开心。

　　后来,他的祖父看到了,笑了一笑,帮他把那只乌龟放到了一个暖炉的上面。过了一会儿,乌龟便因温暖而渐渐地把头、四肢和尾巴伸出了壳外。

　　男孩见此开心地笑了。于是,他的祖父对小男孩说:"当你想要别人去改变时,记住不要采取攻击的方式,而要给予他关怀和温暖,这样的方法往往更加有效。"

　　温暖地待人,你将会得到意想不到的惊喜结果。

(林少琼)

　　一个做错事的倔强孩子,无论父亲怎样训斥,始终没有留下一滴眼泪,但母亲一个怜惜的抚摸却令他泪流满面。敲打只会令钢铁更加沉默,温暖轻柔的抚摸却会令鲜花开放得更加娇艳。

爱 生 爱

这个世界上确实失踪了很多东西,但是,爱一旦从我们的胸腔出发,就踏上了孕育爱、激发爱的旅程。

一位小学老师撰文论证教师常怀感恩之心的重要性。他骄傲地宣称,他本人就是一个对自己的职业怀有深深的感恩之情的人。

他说,他的家乡在湖南农村,冬天没有暖气,也很少生炉子。他读小学的时候,每天都要和小伙伴们从五六里路远的地方赶到中心小学去上学。严冬时节,他们顶着星星赶路。为了抄近道,他们每天都要横穿一大片荒草坡。荒草茂密,露水浓重,等到了学校,他们的布鞋已经精湿了。他们的老师在门口摆开了一个个沙袋迎着他们。那用粗布缝制的袋子里,装了满满一袋热沙子。那是老师的爱人——孩子们的师母的"杰作"。她因为心疼孩子们冰凉的小脚,就弄来一口大锅,每天一早生起炉火把一锅沙子炒热,再分装在袋子里,让每个孩子把双脚舒服地藏在里面听课。教室门口那一双双精湿的小鞋,被她悄悄收走。她会利用炉火的余热,烤干那些鞋子,然后,再悄悄地把干爽的鞋子送回……因为双脚被露水冰过,更因为双脚被沙袋暖过,当年的那个"孩子"长大后上了师范。当他成为一名小学教师,那来自岁月深处的爱与柔情时时赶来温暖他、提醒他,使他总被"怎样才能更好地为孩子们做些什么?"这样的问题幸福地追击。

他说,说到底,真教育其实就是对感恩之心的唤起,因为领受过,所以愿施与,因为愿施与,才会让更多人领受。如果一个教师对自己的职业心怀厌恶,去奢谈培养学生的感恩之心,那无疑是荒唐可笑的。

这个老师的故事让我想起了一个叫安妮的美国女孩。安妮是不幸的,这个几乎全盲的女孩被送进"地牢"般的波士顿精神病院后,孤独、自闭,甚至会袭击"地牢"以外的人。但是,一个即将退休的老护士却不愿意放弃安妮。她一点点地接近她,每周都为她送来巧克力饼。在爱的感召下,小安妮的心智慢慢苏醒,不久就被"提升"到了轻度病房。后来,这个曾被判定是"没有希望康复"的小女孩终于被告知可以回家了。然而,她却拒绝回家,她执意留下来,决心把那个老护士所给予她的爱经由她的手传递下去。在安妮 20 岁那年,她走进了一个比她更为不幸的 6 岁小姑娘的生活,从而使这一天成为那个小姑娘"生命中最重要的一天"。从这一天开始,这两个不幸而又幸运的女子携手五十载,帮助上帝创造了奇迹。她们的名字是安妮·沙利文和海伦·凯勒。

我想,如果我们善于追溯,就一定会发现,在我们生命的上游流淌着一条多情的河流。那发源于石缝的涓滴,给了澎湃一个有力的昭示。一截老根被滋润,于是蔓延出了春天。

爱能促爱,爱能生爱。发源于"沙袋"的爱梦想着惠及整个沙漠,发源于"地牢"的爱梦想着施恩于最悲惨的人生。这个世界上确实失踪了很多东西,但是,爱一旦从我们的胸腔出发,就踏上了孕育爱、激发爱的旅程。爱的回响是这样真切,爱的回馈是这样丰赡!智者说:"爱出者爱返,福往者福来。"别让你的爱停驻、观望,让它出发,让它在自己不期然蔓延出的春天里获得永生吧!

(莫 菲)

成长悟语

　　爱生长着爱，施与生长着感恩，感恩又生长着施与。播种一颗爱心，收获一份善良，爱的蔓延，仿佛蒲公英的种子，在付出的春风中不断飘散，在心灵的草原中生生不息，永恒延续。

一个长跑冠军的"秘密武器"

　　一花一世界，一叶一菩提，从一粒沙里可以看出一个大世界。生活的每一个细节，可能都会蕴涵着一个大智慧，智慧见胜于水，是丰盈。生活不是一个弯与另一个弯的接口，也不是得与失的简单叠加，生活需要一种高度的智慧。

你并不一定要住在低洼地带

事实上，很多人的人生都是在调换环境乃至远走他乡后发生转折的。

在一个很深的山谷里，有个小乡镇，那里的居民终年生活在烦恼中：河水泛滥，经常淹没房舍，掠走牲畜；山上的石头也不时滚到路上，滚进田园，给人们的生活带来很大不便。这里的生活的确十分艰苦，但人们也只好如此。

有一天，一位智者来到这里，他告诉人们："问题的症结不在洪水的泛滥，也不在山石的滚落的和草丛的滞绊，而在于你们，你们并不一定要住在这个低洼地带。"

"我们可以不必如此吗？"人们吃惊地反问。

"是的，冷静地想想，这个低洼地带给你们带来困境。只要住在这里，你们就要和烦恼为伴；只要肯往高处走，问题马上就能解决。"

"赶快告诉我们，要怎么办？"人们迫不及待地请教。

于是，这位智者指导他们在山腰及河谷的上方建造了房舍，这些居民忙不迭地照办。

"现在，"这位智者又说，"现在你们可以过上无忧无虑的生活了。其实只要移动你们的住所，你们的难题马上就迎刃而解了。"

"是啊！现在多轻松啊！"人们欢呼着。

"真奇怪！"又有人附和道，"怎么我们从前就没想到呢？"

是啊，怎么原来就没人想到呢？是什么遮蔽了人们的眼睛？

著名成功学家拿破仑·希尔曾经说过，几乎每个人的眼中都有一根横梁，它阻碍了人们看到别人的优点，也阻碍了人们看到自己的出路。其实，很多时候，我们离摆脱困境的路口并不远，我们只是没有努力去寻找它。这种出路有时并不是很明确的所在，它常常只是一种强烈的摆脱旧境的愿望和跳出困境的眼界。

事实上，许多困境都是环境造就的，并且在大多时候，我们并不能改变那个环境，但我们却可以改变自己的所在。心理学家指出，人无法因为安慰而改变心情，如果那种心情是真实而深切的。意识只有通过物质变革才能改变。一个痛苦的人，只有变换了引起他痛苦的境遇，才会远离痛苦，俗话说"眼不见，心不烦"，说的就是这个道理。换个环境是解决许多心理问题的根本出路。

一般来说，一个环境让你别扭，总有它特别的原因，而且这些原因往往都是日积月累形成的，很难在短时间内改变，也几乎很少可能因为你的到来而改变。如果你和环境都不准备改变的话，你的继续存在就会使自己和他人都不愉快，在你暂时主导不了这个环境的情况下，你如果不想"死"在这里，就必须尽快离开。毕竟，再强大的动物在它幼弱的时候都不是狼群的对手。

而在你离开的同时，你的新生活也许就开始了。这种新生活往往会带给你新的机遇和人缘，带给你更广阔的视野，带给你与以前不同的心情，事实上，很多人的人生都是在调换环境乃至远走他乡后发生转折的。

（张国庆）

成长悟语

最难改变的不是艰苦的环境，而是僵化的思维方式；最可怕的不是贫瘠的土地，而是贫瘠的思想。战胜不了艰苦的环境，我们不必灰心，不必认输，我们还可以转换我们的对手，转换我们生活的环境。

大路的尽头没有宝

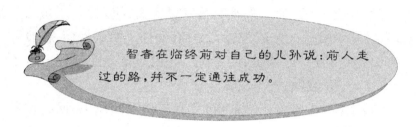

智者在临终前对自己的儿孙说：前人走过的路，并不一定通往成功。

　　传说在浩瀚无际的沙漠深处，有一座埋藏着许多宝藏的古城。要想获取宝藏，必须穿越沙漠，战胜沿途数不清的机关和陷阱。

　　很多人对沙漠古城里这样一批价值连城的财宝心向神往，却又没有足够的勇气和胆量去征服沙漠以及杀机四布的陷阱。这批珍贵的财宝，就这样在沙漠古城里埋藏了一年又一年。

　　有一天，一个勇敢的人听爷爷讲了这个神奇的传说，决定去寻宝。勇士准备了干粮和水，独自踏上了漫长的寻宝之路。

　　为了在回程的时候不迷失方向，这个勇敢的寻宝者每走出一段路，便要做上一个非常明显的标记。虽然每进一步都充满艰险，勇士最终找出一条路来。就在古城已经遥遥相望的时候，这个勇敢的人却因为过于兴奋一脚踏进布满毒蛇的陷阱，眨眼间便被饥饿的毒蛇吞噬。

　　沙漠再次陷入寂静。

　　过了许多年，终于又走来一个勇敢的寻宝人。他看到前人留下的标记，心想：这一定是有人走过的，既然标记在延伸说明指路人安全地走下去了，这路一定没错！沿着标记走了一大段路，他欣喜地发现路上果然没有任何危险。

　　他放心大胆地往前走，越走越高兴，一不留神，也落进同样的陷阱,成了毒蛇的美餐。

……

最后走进沙漠的寻宝人是一位智者,他看着前人留下的标记想:这些标记可不能轻信,否则,寻宝者为什么都一去不返了呢? 智者凭借着自己的智慧,在浩瀚无际的沙漠中重新开辟了一条道路。他每迈出一步都小心翼翼,扎实平稳。最终,这位智者战胜了重重险阻抵达古城,获得宝藏。

智者在临终前对自己的儿孙说,前人走过的路,并不一定通往成功。不可迷信经验,已被踏平的大路尽头,绝没有价值连城的宝藏供你们采掘。即使原来真有宝藏,那也早已经被那些更早踏上这条道路的人采掘干净。

(李智红)

独辟蹊径才能创造出伟大的业绩。把铜当废品卖是廉价的,制成门把手就能升值,做成工艺品能升价十倍。只有想到别人没有想到的办法,你才能采掘到属于自己的宝藏。

反思的力量

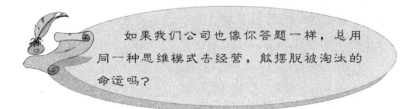

如果我们公司也像你答题一样,总用同一种思维模式去经营,能摆脱被淘汰的命运吗?

朋友应聘一家独资公司。
该公司把前来应聘的人安排在会计室分三天做三次考核。

第一次考试,朋友便以99分的好成绩排在第一;一位叫小米的女孩以95分的成绩排在第二。

第二次考试试卷一一发下来,朋友感到纳闷儿,当天的试题和第一次的试题完全一样。开始她认为发错了试卷。但监考人员一再强调,试卷没有发错。既然试卷没有发错,朋友也懒得去想,自信地把笔一挥,还不到考试规定时间的一半,试卷便全填满了。朋友把试卷一交,其他应聘的考生也陆陆续续地把试卷交了上去,每人脸上都春风得意,显然,个个都认为自己胜券在握。第二次考试考分一出来,朋友仍以99分不动摇的成绩排在第一;而那位交卷最晚的女孩小米以98分的成绩排在第二。

第三天准时进行第三次考试。

"这次该不会拿同样的题目给我们考吧?"

进考场前,应聘的考生们议论纷纷。

试卷一发下来,考场上顿时开了锅,因为试卷和前两次完全一样!

"安静,安静,大家听我说,这次考题和前两次一样,都是公司的安排,公司怎么安排,我们就怎么执行,如有谁觉得这种考核办法不合理你可以放下试卷,我们随时放你出考场。"

监考人员把桌子拍得"啪啪"响。

众人一看招聘人员发怒了,只好老老实实低下头去答卷。

这次考试更省事儿,绝大部分考生和朋友一样,根本用不着看考题,"刷刷刷"就直接把前两次的答案给搬上去了。不到半个钟头,整个考场都空了。只有那位叫小米的考生仍托腮拍脑,绞尽脑汁冥思苦想,时而修改,时而补充,直到收卷铃响才把答卷交了上去。

第三次考分出来,朋友长长舒了一口气,她仍以99分的成绩排在第一。不过这次没有独占鳌头,考生小米这次也以99分的好成绩和她并列第一。但朋友一点儿也不担心被她挤下来。

第四天录用榜一公布,朋友傻眼了:上面只有小米的名字,她落选。朋友当时就找到总经理办公室,理直气壮地质问他:

"我第三次都考了99分,为什么不录用我而录用了前两次考分都低于我的考生呢?你们这种考核公平吗?"

朋友显得异常激动。

总经理笑呵呵地凝视着我的朋友，直到她心平气和才开口说话了。

"小姐，我们的确很欣赏你的考分。但我们公司并没有向外许诺，谁考了最高分就录用谁。考分的高低对我们来说只是录用职员的一个依据，并非最终结果。不错，你次次都考了最高分，可惜你每次的答案都一模一样，一成未变。如果我们公司也像你答题一样，总用同一种思维模式去经营，能摆脱被淘汰的命运吗？我们需要的职员不单单要有才华，她更应该懂得反思，善于反思善于发现错漏的人才能有进步，职员有进步公司才能有发展，我们公司之所以三次用同一张试卷对你们进行考核，不仅仅是考你们的知识，也在考你们的反思能力。这次你未能被选用，我实在抱歉。"

朋友哑口无言，羞愧难当地退出了总经理的办公室。

（吴志强）

成长悟语

　　有些人擅长举一反三，吃了一次亏，就能长记性；有些人就是一根筋到底，碰再多的钉子也不会有长进。摔倒了就得认得那个坑，迷路了就做一个标记，这样，才不会因为同一个坑而再次摔倒，也不会在同一个地方迷两次路。

背后的道理

世上万物也是如此，许多表面看似相同的，可能是相殊甚远；而表面相殊的，倒可能有质的相同。

智者有两个徒弟。一次，他们看到屋里飞进一只蜜蜂，蜜蜂努力地朝窗外飞，却被窗上厚厚的玻璃挡住了，一次次徒劳地摔下来。

徒弟甲说："这只蜜蜂真是愚蠢啊，既然知道这个方法行不通，为什么还要做努力呢？它这样做即使飞一辈子也不可能成功。"

他从中得到领悟：世上有些事，不能强求，该放手时就放手。

徒弟乙说："这只蜜蜂真顽强，它那么勇敢，失败了也不屈服。"

他也从中得到启示：做人就应该像蜜蜂那样，锲而不舍，败而不馁，百折不回。

于是，两人争执起来，谁也说服不了谁。

最后，他们只好去找智者来评理："我们的观点，究竟谁的才是正确的呢？"

智者说："你们谁都没错。"

两个徒弟不解，心想：怎么可能两种观点都对呢？难道师傅是故意做好人，不让我们再争执了？智者早就看出他们的心思，他微笑着，拿出一块大饼，吩咐他们把大饼居中切开。徒弟二人照做了。

智者问："两个半块饼，你们说哪半块好，哪半块不好？"

他们回答不出。

智者说："你们总是看到相异的地方，而没有看到相同的地方；形式上的差异，掩盖了质的相同。"

　　徒弟二人一下醒悟过来了：一个事物的两个方面，本来没有绝对的是非问题。

　　世上万物也是如此，许多表面看似相同的，可能是相殊甚远；而表面相殊的，倒可能有质的相同。生活中的不少错误，有时就是因为看不到这一点而产生的。

（流　沙）

成长悟语

　　　火可以给人温暖，也能给人伤害；蛇毒能杀人，也能治病，眼镜蛇毒液经过提炼是一种很好的止痛液。每件事物都有正反两面，忽略或者否定了其中一面，就否定了这个事物。

幸福与痛苦的领悟

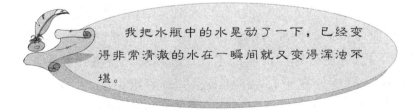

　　我把水瓶中的水晃动了一下，已经变得非常清澈的水在一瞬间就又变得浑浊不堪。

　　有一年夏天，我沿着黄河旅行，无数次站在黄河岸边，看滔滔河水像黄龙翻滚，自天际流下，把我的心都流成了无边无际的壮阔；无数次注视着落日像血一样融入河水，好像生命被一次次重新染色，每一次都有奔腾到海的冲动。

但让我感受最深的是在黄河边上，用瓶子灌一瓶河水。泥浆翻滚的水，被灌到水瓶里以后，依然十分浑浊，透过瓶子，看到的只是浑浊黄色的世界。在瓶子背后，看不到天，也看不到地。面对这样的水，我感到了痛苦和绝望，感到了黄河河床不断提高带来的灾难，感到了人们在这种灾难中的呼喊。

我把水瓶放在边上，痛苦地坐在岸边，看着黄河发呆。一段时间后，我把眼神从远处收回来，猛然发现身边瓶子里的水开始变清。浑浊的泥沙沉淀下来，上面的水变得越来越清澈。我看着这种变化，直到泥沙全部沉淀，只占整个瓶子的五分之一，而其余的五分之四都变成了清清的河水。我慢慢把瓶子举起来，透过瓶子，我看到了天，看到了地，看到了生命中幸福与痛苦的界限。

原来我们的幸福和痛苦也像黄河水一样。我们在匆忙和浮躁中，拼命地摇晃我们的生活，直到我们的生活变得一片浑浊，使所有的幸福都掺杂了痛苦的成分。假如清水是幸福，泥沙是痛苦，那我们一生幸福的总量应该大于痛苦。我们时时感到痛苦，不是因为痛苦多于幸福，而是我们用不恰当的方式，让痛苦像脱缰的野马，随意奔跑在我们生活的每一个角落。因为痛苦的渗透，我们本来应该清澈如水的生活，变得像黄河水一样，有了太多的杂质。如果我们能够静下心来，让痛苦沉淀在我们的心底，不管痛苦能不能消失，都只让它占有我们心里的一小片空间，那大部分的空间就会被幸福充实。

每一个人出生伊始，一辈子所经历的幸福和痛苦的总量都应该是相同的，之所以有的人更痛苦、有的人更幸福，不是人们对待幸福的态度不同，而是人们对待痛苦的态度不同。想到这里，我把水瓶中的水晃动了一下，已经变得非常清澈的水在一瞬间就又变得浑浊不堪。

而生命的难处在于，我们很难让生命静止不动，使我们能够把痛苦和幸福截然分开，并彻底把痛苦沉淀在某个被遗忘的角落不再翻滚。痛苦和幸福在我们的生活中，或多或少都会搅和到一起。如果我们陷入其中不能自拔，生命将失去存在的最本质意义。那痛苦和幸福相混合的生活是不是就失去意义了呢？

我再次把目光投向黄河，我发现它是那么的壮阔和美丽，看着滔滔的河水,翻滚着浊浪,从地平线那头流过来,从我脚下流过,又消失在地平线的另一头,使人无法不感受到我们这个星球所蕴涵的勃勃生机。

我突然意识到,如果把人的生命不断放大,放大到像黄河一样壮阔,从远古和天边流来,向未来和大海流去,那我们的生命就无所谓幸福和痛苦的混合,而变成一曲永远唱不完的雄壮的黄河交响曲。

(俞敏洪)

在生活中,过分执著于幸福和痛苦是不明智的,我们的生命时时刻刻在流动,从出生走向死亡,无法静止下来细细区分幸福和痛苦。当我们把自己的生命奉献给了别人,奉献给了社会,当我们成为历史洪流中有贡献的一员,我们自然而然会获得幸福。

优势也会变为陷阱

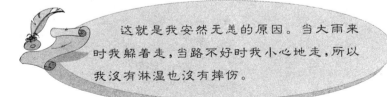

这就是我安然无恙的原因。当大雨来时我躲着走,当路不好时我小心地走,所以我没有淋湿也没有摔伤。

三个旅行者同时住进了一个旅店。

早上出门的时候,一个旅行者带了一把伞,另一旅行者拿了一根拐杖,第三个旅行者什么也没有拿。晚上归来的时候拿伞的旅行者淋得浑身是水,拿拐杖的旅行者跌得满身是伤,而第三个旅行者却安然无恙。于是前两个旅行者很纳闷儿,问第三个旅行者:"你怎么会没事呢?"

第三个旅行者没有回答,而是问拿伞的旅行者:"你为什么会淋湿而没有摔伤呢?"

拿伞的旅行者说:"当大雨来临的时候,我因为有了伞就大胆地在雨中走,却不知怎么淋湿了。当我走在泥泞坎坷路上时,我因为没有拐杖,所以走得非常仔细,专拣平稳的地方走,所以没摔伤。"

然后,他又问拿拐杖的旅行者:"你为什么没有淋湿而是摔伤呢?"

拿拐杖的说:"当大雨来临的时候,我因为没有带雨伞,便拣能躲雨的地方走,所以没有淋湿;当我走在泥泞坎坷的路上时,我便用拐杖拄着走,却不知为什么常常跌伤。"

第三个旅行者听后笑笑,说:"这就是我安然无恙的原因。当大雨来时我躲着走,当路不好时我小心地走,所以我没有淋湿也没有摔伤。你们的失误就在于你们有凭借的优势,认为有了优势便少了忧患。"

成长悟语

我们常常见到这样的事情:被淹死的人一般是会游泳的人;被毒蛇咬死的,往往是捕蛇者。当优势变成了挥霍的借口,当优势变成了掉以轻心的借口,优势就会变成最致命的劣势。

一个长跑冠军的"秘密武器"

> 如果你在开局阶段已慢了几拍，想在最后阶段反败为胜，那要付出加倍的努力，甚至仍旧是无功而返。

如今，竞争是越来越激烈了。第一，无论你走到哪里，只要是上等级的比赛，只要是好的学校，都会有激烈的竞争。大家越是想去的地方，越是有竞争；越是有竞争的地方，大家越是要挤进去。第二，竞争的对手不仅仅是一两个人，而是一大群。第三，竞争是在阳光下进行，你在努力学习，对手也在刻苦用功；你有好的老师，对手也有出色的老师。环顾一个个竞争对手，你要比优秀的更优秀，比出色的更出色，谈何容易！

这可如何是好？

在温哥华，曾经和一个朋友在酒吧聊天。邻桌坐着几个外国人在喝酒。朋友悄悄地指着其中一个人说："他是加拿大著名长跑运动员，连续多年参加国际比赛，每次都获得金牌。"

"他一定有特别的成功之道。"我说。

朋友英语特别好，走过去问他。那个老外笑了，看了我一眼，说："参加比赛得奖牌，我的经验是：起步要在第一秒踏准，抢个领先，然后全速奔跑；中间阶段保持常速，不要消耗太多体力；而到最后关头，要狠狠地拼搏。跑步比赛要赢，赢在开始和结束这两头。"

"有道理！"我连连点头。

学习竞争和跑步比赛的制胜之道完全一样。

学习竞争的胜负决定于智慧的运用得当与否,决定于智慧运用的多寡,决定于竞争战略的布局,也就是如何用兵,决定于学习技巧。

你要想超越别人,战胜对手,在竞争中获胜,就要在一门课程学习的开始和最后阶段竭尽全力。要赢就赢在起跑线上,要赢就赢在最后的冲刺阶段,而在中间阶段,只要保持常速即可。

先说赢在起跑线上。

裁判的一声发令枪响,在第一秒的瞬间,你就要迅捷跨出步子,要踩得准,这样就能领先一步,占了优势。事实上,某门学科开始的学习阶段,许多人都容易掉以轻心,心想反正刚开始,时间还有的是,到最后阶段冲刺还来得及,结果往往因此坐失良机,在竞争场上处于劣势。聪明的人,在开始阶段,在对手麻痹大意的情况下就先着一鞭,全力以赴,以获得良好的开局。须知,良好的开端是成功的一半。

再说赢在最后冲刺阶段。

竞争的胜负,往往在最后几步之间。真正的竞争对手,往往是势均力敌,不分高低。一切的准备,一切的努力,一切的期望和梦想,都在最后一刻见分晓。此时,稍一放松,即前功尽弃;而倾全力一搏,则大功告成矣。当然,如果你在开局阶段已慢了几拍,想在最后阶段反败为胜,那要付出加倍的努力,甚至仍有可能无功而返。

(柯北银)

成长悟语

　　学习不仅讲求天分,也讲求策略。在学习的最初阶段努力,踏实掌握入门的技巧;在学习的中间阶段,保持最平稳舒适的步法;在学习冲刺阶段,比别人更加努力,在同等能力的人中脱颖而出。人的能力都是差不多的,关键是你要根据阶段的轻重,运用不同的力度。

悬念中的哲理

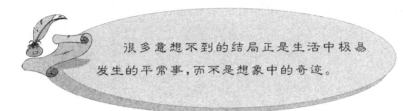

很多意想不到的结局正是生活中极易发生的平常事，而不是想象中的奇迹。

在沿海城市旅游时，我听导游讲了这样一个故事：在一家海鲜馆里，一群旅游者正在进晚餐。他们一面品尝菜肴，一面即兴谈天。鱼端上来了，大家七嘴八舌地讲起一些关于在鱼肚子里发现珍珠和其他宝物的趣闻轶事。

一位长者一直默默地听着他们闲聊，终于忍不住开口了："听了你们每个人所讲的故事，都很精彩，现在我也讲一个吧。我年轻的时候，受雇于香港一家进出口公司。像所有年轻人一样，我和一位漂亮的姑娘相爱了，很快我们就订了婚。就在我们要举行婚礼的前两个月，我突然被派到意大利经办一桩非常重要的生意，不得不离开我的心上人。"

老人顿了顿，接着说："由于出了些麻烦，我在意大利呆的时间比预期长了许多。当繁杂的工作终于了结的时候，我便迫不及待地准备返家。启程之前，我买了一只昂贵的钻石戒指，作为给未婚妻的结婚礼物。轮船走得太慢了，我闲极无聊地浏览着驾驶员带上船来的报纸，消磨时光。忽然，我在一份报纸上看到我的未婚妻和另一个男人结婚的启事。可想而知，当时我受到了怎样的打击。我愤怒地将我精心选购的钻石戒指向大海扔去。"

他沉默了一会儿，神情落寞地说："回到香港后，我再也没有找女

朋友，一个人孤单度日，转眼几十年过去了。有一天，我来到一家海味馆，一个人闷闷不乐慢慢地进餐。一盘咸水鱼端上来了，我用筷子胡乱夹了些塞进嘴里，嚼了几下，忽然喉咙被一个硬东西哽了一下。先生们，你们可能已经猜出来了，我吃着什么了？"

"当然是钻戒！"周围的人肯定地说。

"不！"老人凄凉地说，"我开始也这么认为，饭毕才知道，是我一颗早就磨损得差不多、摇摇欲坠了的牙齿滑进了喉咙。"

这一次轮到大伙张大惊疑的嘴巴了。

给一明确的思维指向，让人有了悬念，结局却拐了一个弯，背离了人们心中的愿望或者潜意识中的目标指向。其实，很多意想不到的结局正是生活中极易发生的平常事，而不是想象中的奇迹。

（程应峰）

成长悟语

不要以为生活在你的掌握中，不要以为生命的所有悬念你都知道。生活并不是你想象中的那样的，有时它会在你的意料之外，有时它会令你措手不及。理解生命的变化莫测，你应对时就不会不知所措。

奶酪里的青蛙

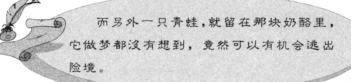

而另外一只青蛙，就留在那块奶酪里，它做梦都没有想到，竟然可以有机会逃出险境。

两只青蛙正在觅食中，不小心掉进了路边一只牛奶罐里。那只牛奶罐里还有为数不多的牛奶，但是，这足以让青蛙体验到，什么叫灭顶之灾。

一只青蛙想：完了，全完了，这么高的一只牛奶罐，我是永远也出不去了，于是它很快就沉了下去。

另一只青蛙在看见同伴沉没于牛奶中时，并没有沮丧和放弃；它不断告诫自己："我多么渴望获得解放。上帝给了我坚强的意志和发达的肌肉，我一定能够跳出去。"它鼓起勇气，鼓足力量，一次又一次奋起、跳跃。

不知过了多久，它突然发现，脚下黏稠的牛奶变得坚实起来。

原来，它的反复践踏和跳动，已经把液状的牛奶变成了一块奶酪！不懈的奋斗和挣扎，终于换来了自由的那一刻！它从牛奶罐里轻盈地跳了出来，重新回到绿色的池塘里；而另外一只青蛙，就留在那块奶酪里，它做梦都没有想到，竟然可以有机会逃出险境。

成长悟语

在困难和险境中坐以待毙，失败是不可改变的结局。在劫难中奋力挣扎,至少你还有胜利的一丝希望。世界上那些最容易的事情中,放弃最不费力。世上没有绝望的处境,只有对处境绝望的人。

华莱士和蚁熊

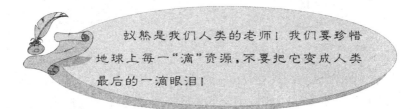

蚁熊是我们人类的老师！我们要珍惜地球上每一"滴"资源,不要把它变成人类最后的一滴眼泪！

华莱士是美国哥伦比亚大学生物学德籍客座教授,他考察亚马孙河热带雨林动植物的种类、习性及生态平衡,著作颇丰。他专门追踪一种叫蚁熊的动物。蚁熊顾名思义就是吃蚂蚁的熊,它是世界上最大的食蚁兽,平均每天要吃 1.8 万只蚂蚁。

让华莱士大为惊奇的是,蚁熊有一种特殊习性:它吃蚂蚁时绝对不会赶尽杀绝,每挖开一个有成千上万只蚂蚁的窝,它只把一小部分蚂蚁吃掉,最贪婪时吃 500 只,其他的全部放生,径自寻找下一个蚂蚁窝。蚂蚁虽小,有时竟集合起来把鲜活的大蚯蚓拖入蚁穴吃掉。蚁熊见到此情景从不惊扰蚂蚁,让它们饱餐美味佳肴。华莱士对此十分感兴趣,研究其中的道理:蚁熊为何大讲"蚁道主义"？因为它很清楚,要使自己的种群在地球上生存,就必须让蚂蚁家族子子孙孙生存繁衍下去。它的仁慈宽厚实际上来自自身生存和发展的需要。这是生物链的自然平衡现象。

华莱士从蚁熊那里得到启示:人类要有节制地利用地球上的有限

资源,尤其是日趋减少的能源。赶尽杀绝、吃光、采光、用光,最后斩杀的是人类自身。华莱士向美国政府提出建议:立即停止开采仅有 20 年储量的本土石油,给子孙后代留做遗产。大力开发水力、风力、潮汐、太阳能、海洋温差发电等不花钱的自然资源。美国政府接受了他的合理建议,美国本土的油井于 2000 年 1 月 1 日全部封井停钻。

华莱士教授严肃地说:"蚁熊是我们人类的老师!我们要珍惜地球上每一'滴'资源,不要把它变成人类最后的一滴眼泪!"

(编译/刘宝海)

成长悟语

以前渔民有个不成文的规定,渔网的网眼不能太小。为什么要这样做?这是为了下一季度的收获,把小鱼也一网打尽,下个季度渔业资源将会枯竭。对自然网开一面,实质也是对人类自己网开一面;放自然一条生路,实质也是放人类自己一条生路。

第四辑 一个长跑冠军的「秘密武器」

责备解决不了的事情，奖励却可以解决。世界上没有解决不了的事情，只有放不开的思维。从事物的另一个侧面入手，运用逆反心理，正话反说，责备换成赞赏，你会收到立竿见影的效果。

让心窗看到美景

怀一颗悠然的心,让心窗看到美景;品一曲高山流水,让心灵走向沉静。人生平安就是你我之福,何必太多的计较,放松自我的心灵,回归自然,世界那么多的美丽,那么多的快乐,何必让忧愁、烦恼独居你我的心房。平凡的日子最好,最美。

寻 找 天 堂

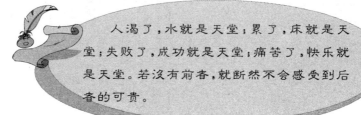

人渴了，水就是天堂；累了，床就是天堂；失败了，成功就是天堂；痛苦了，快乐就是天堂。若没有前者，就断然不会感受到后者的可贵。

几个人一起议论着天堂。

"天堂是什么样的？"

"据说生活在那里的人们无忧无虑，乐似神仙。"

"天堂上还能吃到仙果，吃了后会长生不老。"

"在天堂上还可看见很多漂亮的宫殿和多情的仙女呢！"

他们越谈论越向往，最后，几个人决定结伴去寻找天堂。

一路上他们历尽艰险，最后终于到达。

一到标有"天堂"招牌的门口，他们禁不住欢呼："天堂！天堂！我们来了！"

天堂守门人看到这几个人，感到不解，奇怪地问："你们高兴什么？"

"我们终于来到天堂了，怎么不高兴呢？"

"有什么值得高兴的呀，我想走还走不了呢。"

"生活在天堂，难道你不觉得幸运？"

"幸运？我不觉得。"

"这可真是太奇怪了！"他们几个人摇头叹息。

守门人问："你们从哪儿来的？"

"地狱！"他们答。

"地狱！我怎么没听说过这个地方？"守门人还是一脸茫然。

"怪不得你不觉得天堂好，原来你没去过地狱。"这样他们理解了守门人的态度。

有比较才有鉴别。人渴了，水就是天堂；累了，床就是天堂；失败了，成功就是天堂；痛苦了，快乐就是天堂。若没有前者，就断然不会感受到后者的可贵。

成长悟语

　　对残疾的人来说，健全的身体就是天堂；对失去亲人的人来说，亲人的关怀就是天堂；对饥饿的乞丐来说，温饱就是天堂。天堂不是锦衣玉食，对曾经失去、曾经经历苦难的人来说，天堂就在他们身边，天堂就是最简单的拥有。

收藏你的阳光

　　收藏阳光、颜色和单词，收藏夏季美丽的景象，好在严冬来临之际温暖自己的心房，这是多么简单的道理，却又多么实在！

只要你心中选择了阳光，你就会拥有阳光的灿烂。

从前，田野里住着田鼠一家。夏天快要过去了，它们开始收藏果、稻谷和其他食物，准备过冬。只有一只田鼠例外，它的名字叫做弗雷德里克。

"弗雷德里克，你怎么不干活呀？"其他田鼠问道。

"我有活干呀。"弗雷德里克回答。

"那么，你收藏什么呢？"

"我收藏阳光、颜色和单词。"

"什么？"其他田鼠吃了一惊，相互看了看，以为这是一个笑话，笑了起来。

弗雷德里克没有理会，继续工作。

冬季来了，天气变得很冷很冷。

其他田鼠想到了弗雷德里克，跑去问他："弗雷德里克，你打算怎么过冬呢，你收藏的东西呢？"

"你们先闭上眼睛。"弗雷德里克说。

那些田鼠有点儿奇怪，却还是闭上了眼睛。

弗雷德里克拿出第一件收藏品，说："这是我收藏的阳光。"

昏暗的洞穴顿时变得晴朗，田鼠们感到很温暖。

它们又问："还有颜色呢？"

弗雷德里克开始描述红的花、绿的叶和黄的稻谷，说得那么生动，田鼠们仿佛真的看到了夏季田野的美丽景象。

它们又问："那么，你的那些单词呢？"

弗雷德里克于是讲了一个动人的故事，田鼠们听得入了迷。

最后，它们变得兴高采烈，欢呼雀跃："弗雷德里克，你真是一个诗人！"

阳光、颜色和单词！

收藏阳光、颜色和单词，收藏夏季美丽的景象，好在严冬来临之际温暖自己的心房，这是多么简单的道理，却又多么实在！

成长悟语

思想中的阳光不能温暖我们的身体，但却能照亮我们的灵魂。乐观的情绪，积极的言谈，美丽的梦想，不能使我们的胃部感到充实，但能使我们的精神得到升华，能让我们在艰苦的环境中依然充满冲劲和活力。

化解心中的怒火

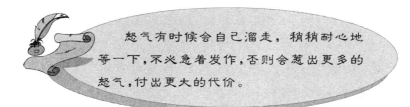

怒气有时候会自己溜走，稍稍耐心地等一下，不必急着发作，否则会惹出更多的怒气，付出更大的代价。

一个人因为一件小事和邻居争吵起来，争论得面红耳赤，谁也不肯让谁。最后，那人气呼呼地跑去找牧师，牧师是当地最有智慧、最公道的人。

"牧师，您来帮我们评评理吧！我那邻居简直是一堆狗屎！他竟然……"那个人怒气冲冲，一见到牧师就开始了他的抱怨和指责，正要大肆指责邻居的不对，就被牧师打断了。

牧师说："对不起，正巧我现在有事，麻烦你先回去，明天再说吧。"

第二天一大早，那人又愤愤不平地来了，不过，显然没有昨天那么生气了。

"今天，您一定要帮我评出个是非对错，那个人简直是……"他又开始数落起别人的劣行。

牧师不快不慢地说："你的怒气还是没有消除，等你心平气和后再说吧！正好我的事情还没有办好。"

一连好几天，那个人都没有来找牧师了。牧师在前往布道的路上遇到了那个人，他正在农田里忙碌着，他的心情显然平静了许多。

牧师问道："现在，你还需要我来评理吗？"说完，微笑地看着对方。那个人羞愧地笑了笑，说："我已经心平气和了！现在想起来也不是什么大事,不值得生气的。"

牧师仍然不快不慢地说:"这就对了,我不急于和你说这件事情就是想给你时间消消气啊!记住:不要在气头上说话或行动。"

怒气有时候会自己溜走,稍稍耐心地等一下,不必急着发作,否则会惹出更多的怒气,付出更大的代价。

成长悟语

　　一个碗打碎了,就算重新粘好,裂痕依然存在;一块木板钉了一个钉子,就算把钉子撬起来,钉痕依然存在;人的言行也一样,如果你在生气时说错了话,就算道歉,人与人的裂痕还是消除不了的。所以,在你生气时,要控制你的怒火,不要伤害你的朋友。

位　　置

　　当你心中只有你自己的时候,你把麻烦其实也留给了自己;当你心中想着他人的时候,其实他人也在不知不觉中方便了你……

　　那是学校最有名的一位教授开设的讲座。讲座准时开始,教授没有拿粉笔,而是径直走下讲台,来到大讲堂最后面一排的座位上,向那位同学深深地鞠了一躬。

　　大讲堂里一下变得鸦雀无声,大家不知道发生了什么事情。

"我之所以向这位同学鞠躬，是因为他选择坐里面位置的行动，让我充满敬意。"

教授继续用不高的语调说道："我今天是第一个来大讲堂的，你们入场时我发现，许多先到的同学，一进来就抢占了靠近讲台和过道两边的座位，在他们看来那一定是最好的位置了，好进好出，而且离讲台也近，听得也最清楚。这位同学来的时候，靠前和两边的位置还有很多，可是他却径直走到大讲堂的最后面，而且是坐在最中间，进出都不方便的位置。"

教授接着说道："我继续观察后发现：先前那些抢占了他们认为是好位置的同学，其实备受其苦，因为座位前排与后排之间的距离小，每一个后来者往里面进时，靠边的同学都不得不起立一次，这样才能让后来者进去。我统计了一下，在半个小时之内，那些抢占了'好位置'的同学，竟然为他们只想着自己的行为，付出了起立十多次的代价。而那位坐在后排中间的同学，却一直安详地看着自己的书，没人打扰。同学们，请记住吧：当你心中只有你自己的时候，你把麻烦其实也留给了自己；当你心中想着他人的时候，其实他人也在不知不觉中方便了你……"

（张丽钧）

成长悟语

战场上，一个将军看到一个炸弹就要在一个战士身边爆炸，他飞跑着扑倒了那个战士。当他回头一看，他刚才站的位置，被一颗炸弹炸开了一个大坑，如果将军不救战士，自己也会付出生命。帮助别人也是帮助自己，在自私的世界里，永远没有最好的位置。

为了看看阳光，我来到世上

一颗纯净的心需要另一颗纯净的心的相互映照，一颗黑暗的心更需要一颗纯净的心的照耀与沐浴。

"为了看看阳光，我来到世上。"巴尔蒙特的这句话，自从我第一次读到它，就几乎一天也没有忘记过。诗人就像一个从来没有受过伤害的人一样，如此诚挚、欣喜、宁静地歌颂着大地、阳光和人欢马叫、喧腾不息的世界。

普鲁斯特在《追忆似水年华》中，写到"我"在火车停站时，见到一位卖牛奶的姑娘："……晨光映红了她的面庞，她的脸比粉红的天空还要鲜艳……有如可以固定在那里的一轮红日，我简直无法将目光从她的面庞上移开……"普鲁斯特对于阳光的敏感与迷恋，给我留下了极为深刻的印象。体验阳光、体验美、体验幸福、体验纯净、体验温馨、体验柔情、体验思念和怀想，这样的精神生活，这样的心理空间，实在太有魅力。即使是受尽心理折磨的尼采，到了晚年依然怀恋着年轻时代"那些充满信任、欢乐，闪烁着崇高的思想异彩的时光——那些最深沉的幸福时光"。那些最深刻最博大的灵魂，几乎都是既能充分体验人性之暗昧，又能充分体验阳光的明朗和温暖的人。

究竟是伤痕累累的心灵容易感到人世间的美丽温馨，还是没有受过伤害的心灵更容易受到这样的美丽温馨？我老是被这样的问题所萦绕。也许无论是否受过伤害，一颗善良的灵魂总是可以敏锐地感受阳光与温暖的。

但是,没有受过伤害的心灵,他不只是能够感受阳光,他本身就是阳光,只要你见到他,你就不难感到他们纯净、透明与温暖。这是任何受过伤害的心灵所不可比拟的。

一颗纯净的心需要另一颗纯净的心的相互映照,一颗黑暗的心更需要一颗纯净的心的照耀与沐浴。由黑暗而光明,由痛苦而幸福,这是一种漫长的灵魂洗礼。

为了看看阳光,我来到世上。

为了成为阳光,我祈祷于世上。

(摩　罗)

　　冬天的阳光,驱散寒冷,给人温暖;夏天的阳光,明媚活泼,给人无限活力。阳光是快乐的触角,幸福的天使,在你忧伤时,阳光能给予你力量,所以在你快乐的时候,在你没有受到伤害的时候,把自己变成太阳,把快乐和幸福传染给你身边的每一个人。

第五辑　让心窗看到美景

用微笑把痛苦埋葬

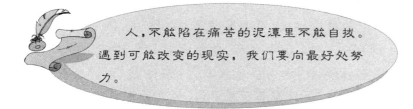

人,不能陷在痛苦的泥潭里不能自拔。遇到可能改变的现实,我们要向最好处努力。

　　二战期间,一位名叫伊丽莎白·康黎的女士,在庆祝盟军于北非获胜的那一天,收到了国防部的一份电报:她的独生子在战场上牺牲了。

那是她最爱的儿子,那是她唯一的亲人,那是她的命啊!她无法接受这个突如其来的严酷事实,精神接近了崩溃的边缘。她心灰意冷,痛不欲生,决定放弃工作,远离家乡,然后默默地了此余生。

当她清理行装的时候,忽然发现了一封几年前的信,那是她儿子在到达前线后写的。信上写道:"请妈妈放心,我永远不会忘记您对我的教导。不论在哪里,也不论遇到什么灾难,我都要勇敢地面对生活,像真正的男子汉那样,能够用微笑承受一切不幸和痛苦。我永远以您为榜样,永远记着您的微笑。"

她热泪盈眶,把这封信读了一遍又一遍,似乎看到儿子就在自己的身边,那双炽热的眼睛望着她,关切地问:"亲爱的妈妈,您为什么不照您教导我的那样去做呢?"

伊丽莎白·康黎打消了背井离乡的念头,一再对自己说:告别痛苦的手只能由自己来挥动。我应该用微笑埋葬痛苦,继续顽强地生活下去。我没有起死回生的能力改变它,但我有能力继续生活下去。

后来,伊丽莎白·康黎写了很多作品,其中《用微笑把痛苦埋葬》一书,颇有影响。书中有这样几句话:"人,不能陷在痛苦的泥潭里不能自拔。遇到可能改变的现实,我们要向最好处努力;遇到不可能改变的现实,不管让人多么痛苦不堪,我们都要勇敢地面对,用微笑把痛苦埋葬。有时候,生比死需要更大的勇气与魄力。"

(蒋　文)

成长悟语

　　一个脆弱的心灵,不敢凝视美丽,因为他知道所有的美丽都会褪色;一个强壮的心灵,敢于面对哀愁,因为他知道所有的哀愁都将淡远。遇到快乐的事微笑是本能,遇到悲伤的事依旧微笑是坚强,这种微笑是最美丽、最有力量的微笑。

光和影的游戏

这些美好的东西不但包括自然美景，也包括许多我们眼前手边随时可得的东西，比如光和影，比如人与人之间的善意、亲情和友爱。

这是一个阳光明媚的冬日。我兴致勃勃地往曼琪亚塔楼走去。在塔楼的天井，我注意到一个盲人。他皮肤苍白，头发乌黑，身材瘦长，戴着一副墨镜，给人一种很神秘的感觉。他和我一样往塔楼的售票处走去。我心中好奇，放慢脚步，跟在他的身后。

我发现售票员像对待常人一样卖给他一张票。待盲人远离后，我走到售票台前对售票员说："你没有发现刚才那人是一个盲人吗？"

售票员茫然地看着我。

"你不想想盲人登上塔楼会干什么？"我问。

他不吱声。

"肯定不会是看风景，"我说，"会不会想跳楼自杀？"

售票员张了一下嘴巴。我希望他做点儿什么。但是或许他的椅子太舒服了，他只毫无表情地说了句："但愿不会如此。"我交给他 50 块钱，匆匆往楼梯口跑去。我赶上盲人，尾随着他来到塔楼的露台。曼琪亚塔楼高 102 米，曾经有很多自杀者选择从这里往下跳。我准备好随时阻止盲人的自杀行为。但盲人一会儿走到这里，一会儿走到那里，根本没有想自杀的迹象。我终于忍不住了，朝他走了过去。"对不起，"我

101

尽可能礼貌地问道，"我很想知道你为什么要到塔楼上来？"

"你猜猜看。"他说。

"肯定不是看风景。难道是要在这里呼吸冬天的清新空气？"

"不。"他说话时显得神采飞扬。

"跟我说说吧。"我说。

他笑了起来。"当你顺着楼梯快要到达露台时，你或许会注意到——当然，你不是瞎子，你也可能不会注意到——迎面而来的不只是明亮的光线，还有和煦的阳光，即便现在是寒冬腊月——阴冷的楼道忽然变得暖融融起来——但是，露台的阳光也是分层次的，你知道，露台围墙的墙头是波浪状，一起一伏的，站在墙头处的后面你可以感觉到它的阴影，而站在墙头缺口处你可以感觉到太阳的光辉。数个城市只有这个地方光和影的对比如此分明。我已经不止一次到这里来了。"

他跨了一步。"阳光洒在我的身上，"他说，"前面的墙有一个缺口。"他又跨了一步。"我在阴影里，前面是高墙头。"他继续往前跨步。"光、影、光、影……"他大声说，开心得就像是一个孩子玩跳房子游戏时从一个方格跳向另一个方格。我被他的快乐深深感染。

我们所置身的这个世界如此丰富，美好的东西到处都是，我们有时感觉不到，是因为我们时常视它们为理所当然而不加以重视，不知道感谢，不懂得欣赏，这些美好的东西不但包括自然美景，也包括许多我们眼前手边随时可得的东西，比如光和影，比如人与人之间的善意、亲情和友爱。

（译/邓　笛）

成长悟语

　　身体有缺陷的人，比我们正常人更容易感觉生活的细致之美。曾经有个盲人问过我知不知道阳光的味道，问过我有没有听见花开的声音。忙碌的生活很容易磨损我们敏锐的触觉，抽个时间，闭上眼睛，静下心灵，聆听一下生活的低声吟唱吧。

一个人的误会

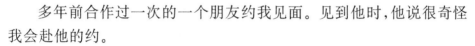

人与人之间，有话没说清楚，只用自己的角度去看，就会形成一个难以化解的误会。最可笑的是那个误会，可能只存在自己一个人的心里。

多年前合作过一次的一个朋友约我见面。见到他时，他说很奇怪我会赴他的约。

"不合作也可以是朋友。"这是我赴约的原因。

"大家不是这样想。"他说。

"那是他们的想法。"我说。

"当年，那次合作之后，你和其他搭档不再跟我合作，我很不开心。"他旧事重提。

"有没有想过我们的理由？合作不一定是一生一世的，朋友反而可以。"事实如此。

我再解释："这些年来，以前的搭档，一样离离合合，那有什么重要？人生过程中，合作过一次，觉得愉快，已经很好。"

合作也好，人与人之间的感情也好，只要一度愉快，还求什么？

"有人说，你背后说我坏话。"朋友带点儿怨气。

"如果我说过，一定不是坏话，那是我对你的批评，而且必然有事实根据，若你遇到听过这些话的人，请约他们一起出来，面对面谈谈。"

我认为解决传闻的最佳办法，是面对面澄清。

说过的话，一定要负责，这是思想成熟的人的必然责任。

"我后来知道，当时我处事并不成熟。"朋友终于说。

"有人认为，我们不合作之后，已经不能坐在一起。"他一再强调。

"我没有做过对不起你的事，怕什么？"

人与人之间，有话没说清楚，只用自己的角度去看，就会形成一个难以化解的误会。最可笑的是那个误会，可能只存在自己一个人的心里。

（阿　宽）

成长悟语

父母没有每天亲吻你，并不是代表他们不爱你；朋友有时忽略了你，并不是丢弃了你们的友情……很多时候，我们在自己的天地，用自己悲观的角度看世界，如果多点儿沟通，你会发现痛苦只是误会造成的。

扫阳光的孩子

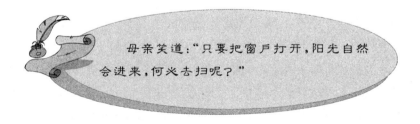

母亲笑道："只要把窗户打开，阳光自然会进来，何必去扫呢？"

杰克和约翰兄弟两人住在阁楼上，由于年久失修，卧室的窗户只能整天密闭着。厚厚的布和满是灰尘的窗户遮住了阳光，整个屋子十分阴暗。

兄弟俩看见外面灿烂的阳光觉得十分羡慕,于是就商量说:"我们可以一起把外面的阳光扫一点儿进来。"于是,就拿着扫帚和簸箕,到阳台去扫阳光了。

他们很用心地将映在地上的阳光扫进簸箕里,然后又小心翼翼地搬进阁楼,可是一进楼梯口的黑暗处,阳光就没有了。但是他们并没有放弃,而是一而再,再而三地扫,小心翼翼地搬,但依然是徒劳,屋内还是没有阳光。

"为什么我们这样努力都无法将阳光运到屋子里来呢?"这个问题让他们困惑不已。

正在厨房忙碌的母亲看见他们奇怪的举动,问道:"你们在做什么?"

他们回答说:"房间里太暗了,我们要扫点儿阳光进来。"

母亲笑道:"只要把窗户打开,阳光自然会进来,何必去扫呢?"

扫阳光的孩子,使我想到了另一个故事:一个孩子很讨厌黑暗的房间,他每天拼命擦拭墙壁、拖地,希望把黑暗洗干净。其实清洗黑暗最好的方法就是打开窗户,引入阳光。清洗内心忧伤最好的办法就是多看点儿美好的明媚的东西。

日 行 一 善

个人的命运，并不一定只取决于某一次大的行动，更多的时候，取决于他在日常生活中的一些小小的善举。

他父亲是位大庄园主。

7岁之前，他过着钟鸣鼎食的生活。20世纪60年代，他所生活的那个岛国，突然掀起一场革命，他失去了一切。

当家人带着他在美国迈阿密登陆时，全家所有家当，是他父亲口袋里的一沓已被宣布废止流通的纸币。

为了能在异国他乡生存下来，从15岁起，他就跟随父亲打工。每次出发前，父亲都这样告诫他：只要有人答应教你外语，并给一顿饭吃，你就留在那儿给人家干活。

他的第一份工作是在海边小饭馆里做服务生。由于他勤快、好客，很快便得到老板的赏识。为了能让他学好外语，老板甚至把他带回家里，让他和他的孩子们一起玩耍。

一天，老板告诉他，给饭店供货的食品公司招收营销人员，假如乐意的话，他愿意帮助引荐。于是，他获得了第二份工作，在一家食品公司做推销员兼货车司机。

临去上班时，父亲告诉他："我们祖上有一条家训，叫'日行一善'。在家乡时，父辈们之所以成就了那么大的家业，都得益于这四个字。现在你到外面去闯荡了，最好能记着。"

也许就是因为那四个字吧,当他开着货车把燕麦片送到大街小巷的夫妻店时,他总是做一些力所能及的善事,比如帮店主把一封信带到另一个城里,让放学的孩子顺便搭一下他的车。就这样,他乐呵呵地干了四年。

第五年,他接到总部的一份通知,要他去墨西哥,统管拉丁美洲的营销业务,理由据说是这样的:该职员在过去的四年中,个人的推销量占佛罗里达州总销售量的 40%,应予以重用。

后来的事,似乎有点儿顺理成章了。他打开拉丁美洲的市场后,又被派到加拿大和亚太地区;1999 年,被调回了美国总部,任首席执行官。

就在他被美国猎头公司列入"可口可乐"、"高露洁"等世界性大公司首席执行官的候选人时,美国总统布什在竞选连任成功后宣布,提名卡罗斯·古铁雷斯出任下一届政府的商务部部长。这正是他的名字。

现在,卡罗斯·古铁雷斯这个名字已成为"美国梦"的代名词,然而,世人很少知道古铁雷斯成功背后的故事。前不久,《华盛顿邮报》的一位记者去采访古铁雷斯,就个人命运让他谈点儿看法。古铁雷斯说了这么一句话:一个人的命运,并不一定只取决于某一次大的行动;我认为,更多的时候,取决于他在日常生活中的一些小小的善举。

后来,《华盛顿邮报》以"凡真心助人者,最后没有不帮到自己的"为题,对古铁雷斯做了一次长篇报道,在这篇报道中,记者说,古铁雷斯发现了改变自己命运的简单的武器,那就是"日行一善"。

(刘燕敏)

成长悟语

一颗沙子的善行,经过岁月的积累,会成为令人景仰的高山。别小看一些微不足道的小事,也许它们将成为你成功的垫脚石。

知　错

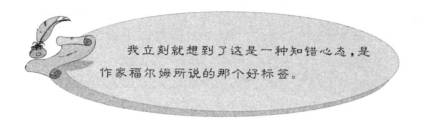

我立刻就想到了这是一种知错心态,是作家福尔姆所说的那个好标签。

当年,前联邦德国总理勃兰特在犹太人死难者纪念碑前下跪的那一刻,被永久地载入了史册,那一瞬间,他的下跪及深深忏悔,吸引了全世界的目光。据说,当年他在访问波兰华沙时,行程里并没有下跪这一项,但由于他的这个举动,德国赢得了世人的尊敬。他跪在那里,是知错,也是知羞,他不是想通过这一举动让世人忘掉这段历史,相反,他是让世人永远铭记这段历史,祈祷今天的人们珍惜和平,不要让那些可怕残酷的战争再重演。

然而,说到知错,我更为欣赏的是一些普通人的知错,一种看起来并不是那么伟大却能够反映出人性光辉的知错。美国作家罗伯特·福尔姆写过一篇短文,记述他一位多年好友,每年一次从很远的地方前来拜访他。朋友见了面满心欢喜,然而此君特别爱抱怨,一旦抱怨起来就没完没了。他认为世界到处都是谎言,一个人追求得越多,得到的就越少;所做的努力越大,结果就变得越糟,无知才是一个人真正的幸福。可第二天临别,还是这位朋友,在码头上看见一个落水孩子,连衣服都没有来得及脱,奋不顾身跳下冰冷的湖水,把孩子救了上来。福尔姆大惑不解地问:"既然这世界到处都是黑暗和谎言,并且无知是最高的境界,那么,你为什么又要救落水的儿童呢?"那位朋友回答:"噢,可能是我错了吧。"

福尔姆的心很受触动,但他感叹的不是在某些特定时刻——人有时会扮演双重角色——而是这句"我可能错了吧"。福尔姆最后总结说:"健全的心灵和清净的灵魂在越来越多地涤荡着这个世界,正如那岸边的海浪在不停歇地冲洗着沙滩一样,怀疑主义和现实主义并不等同于愤世嫉俗和悲观厌世。我可能错了,是我们这个年代最好的一个标签。"

无独有偶,前些日子邻家的一个4岁男孩,不小心在屋子里摔倒,磕破了眼角,孩子的奶奶吓坏了,看孙子流着血,给儿子儿媳打电话来不及,让我帮忙送孩子去医院。那天,在301医院门诊,我给孩子挂了号,试体温表,护士说得走出百米去旁边那个楼里,那里才是眼科。我只好带孩子又办手续又交费的,接着我们又回到门诊部等,最后有位东北口音的眼科男医生,为孩子的眼角缝了一针。

从手术室里出来,他一边抚摸着孩子的头,一边对我说:"医院手续有时就是麻烦,其实,门诊可以办很多事,不必让孩子来回地跑。"听完他的话,我当时就想,这话正要从我的嘴里蹦出来,可我没说,话竟然是从他的嘴里说的,我立刻就想到了这是一种知错心态,是作家福尔姆所说的那个好标签。

(刘茂胜)

成长悟语

　　著名作家沈从文年少时曾经太贪玩,荒废了学业,后来面对老师的教导,认识了错误,用比平常多几倍的时间补回原来落下的课业。知错是一种勇敢,勇于认错的人敢于否定自己曾经的付出,知错是踏上正确之路的第一步。

第五辑 让心窗看到美景

　　父母没有每天亲吻你，并不是代表他们不爱你；朋友有时忽略了你，并不是丢弃了你们的友情……很多时候，我们在自己的天地，用自己悲观的角度看世界，如果多点儿沟通，你会发现痛苦只是误会造成的。

在危难中享受安然

世上有许多事情我们难以预料，虽然我们不能控制际遇，却可以掌握自己；虽然我们无法预知未来，却可以把握现在。只要活着，就有希望，只要每天给自己一个希望，我们的人生就一定不会失色。

你给了生活什么

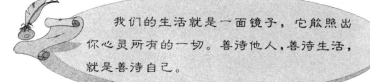

我们的生活就是一面镜子，它能照出你心灵所有的一切。善待他人，善待生活，就是善待自己。

很久以前，在一个遥远的小山村里，有一栋废弃的房子。

一天，一个天使想找个地方乘凉，它便钻进了一个房间。当它走进那间屋子后，惊奇地发现房间里还有上千个天使。它认真地打量着它们，它们也在认真地打量着它。天使开始晃动翅膀，伸出双手，那一千个天使也都做出了同样的表示。然后它又朝其中一个天使笑了笑，高兴地叫着。它发现，所有的天使都朝着它笑，并和它一样欢叫着。走出小屋后，天使暗想："这真是个好地方，今后我要经常到这里来看看！"

过了一段时间，有一个充满怒气的魔鬼来到这里，也进了那个房间。但和天使不同的是，它发现了一千个魔鬼都对它怒目而视。然后它嗥叫起来，那一千个魔鬼也对着它嗥叫。它愤怒地对它们狂吠着，那一千个魔鬼也对它狂吠起来，吓得它赶紧离开了那个房间，心想："这个地方太可怕了，我再也不来了！"

原来，这个地方是一个曾经被遗弃的"千镜之家"。

我们的生活就是一面镜子，它能照出你心灵所有的一切。因此，我们应该对生活的镜子多一点点真的表情，多一点点善的表情,多一点点美的表情。做到这些,你就会得到上千个天使温暖的拥抱。善待他人,善待生活,就是善待自己。

改变生命的三个字

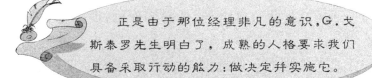

正是由于那位经理非凡的意识,G.戈斯泰罗先生明白了,成熟的人格要求我们具备采取行动的能力:做决定并实施它。

有一个叫 G.戈斯泰罗的小伙子,从加拿大军队退役了,那是在1946 年,他搬进了尼亚加拉瀑布市。他马上出去找工作,在安大略省水电委员会里当上了机械师。工作进展得很顺利,他十分开心。18 个月后的一天,老板找到他说,有个好消息告诉他——他升职了,做班长,负责厂里的重型柴油机。

“从那个地方、那个时候起,”戈斯泰罗先生说,“我开始担心。我曾是一个快乐的机械师。但当班长,对我来说,却是个灾难。身上的责任压得我透不过气来。焦虑无时无刻不困扰着我,不管我是睡着了,还是醒着;也不管我是在家里,还是在厂里。

“后来,我心里最害怕的事终于发生了——一个大事故。那天,我朝砾石坑走去,那应该有四台牵引车带动四台巨大的削刮机在工作。但非常奇怪,周围静悄悄的。很快地我明白了,四台巨型牵引车全坏了!

“如果说我以前也担心过什么事的话,和那一刻比,全不算事儿。我的脑袋好像开锅了,还咕嘟咕嘟地直冒泡。我找到经理,告诉他这个

坏消息,说四台牵引车全坏了。我一口气说完,等着天塌下来。

"可是出乎我的意料,天没塌。经理转过身来,脸上挂着微笑,看着我说了三个字。假如我能活一千岁,我都不会忘了这三个字。它们是'修好它'!

"就在那个地方、那一刻,我所有的忧虑、害怕、担心全部烟消云散,世界又恢复了老样子。我走了出去,抓起工具,开始修那几台牵引车。

"'修好它',是多么神奇的三个字啊,它标志着我生命的转折点,它改变了我对工作的想法。从那天起,每天我都默默地感谢那位经理,是他让我不但对工作有热情,而且有了更坚定的信心。我知道,如果有一天什么事搞糟了,我会亲自出马,把它们理顺,而不是在那里瞎担心。"

正是由于那位经理非凡的意识,G.戈斯泰罗先生明白了,成熟的人格要求我们具备采取行动的能力:做决定并实施它。

([美]卡耐基夫人　译/刘　丹)

成长悟语

有一个波斯商人想到中国去发展,但他总是担忧,担忧自己在中国不受欢迎,担心自己走错路,在犹豫中,他直到死去都没有向东方迈出一步,而他的朋友都在中国有了不小的成就。做了决定就坚决去做,做错了就修正,未来永远不会在幻想和担忧中实现。

面 对 生 活

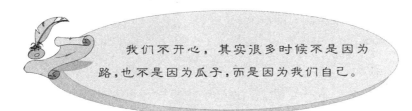

我们不开心，其实很多时候不是因为路，也不是因为瓜子，而是因为我们自己。

两人相对而坐，桌面上有两堆同样的瓜子，两人正在埋头嗑着。他们嗑瓜子的方法不同：一人是先挑小的嗑，后嗑大的，顺序是由小到大；另一人是先嗑大的，后嗑小的，顺序是由大到小。

先嗑小瓜子的那人说："真倒霉！我嗑的每粒瓜子都是剩下的当中最小的，而你，每次嗑的瓜子都是桌面上最大的。"

先嗑大瓜子的那人点头同意。"可是，如果你再换一种角度去想，味道就又有不同，你也没必要自称倒霉了。"

这人问："那要换怎样的角度去想呢？"

"其实也简单。我挑大瓜子嗑，桌面上剩下的越来越小，都是小瓜子了；你则不然，先挑小的嗑，桌面上剩下的都是越来越大的，都是大瓜子。"

这人恍然大悟。

我们每天都要面对生活，很难说我们所面对的生活谁比谁强多少。我们为柴米油盐奔波，为物价上涨苦恼；我们想着入托的孩子，牵挂年迈的老人；我们在家中休憩，到外面应酬；我们不仅端着自己碗里的，还贪婪地盯着锅里的。有一种叫做欲望的东西，把我们搅得寝食难安，于是我们有了不尽的困惑、忧戚、苦恼、惆怅，我们经常愁肠百结。

有人说，生活是一段路，好歹得走完它。但就是这一段路，常常让我们不知该如何走，有时连第一步都很难迈出去。说起来并不复杂，我们面对的那一段路，面对的那一种生活，就如同我们面对着那一堆瓜子一样，你从大到小嗑也好，从小到大嗑也罢，顺其自然就行。

我们不开心，其实很多时候不是因为路，也不是因为瓜子，而是因为我们自己。

（陈吉伟）

雨天，同样被雨淋得睁不开眼睛，雨停之后，有的人怨声载道说老天爷不长眼，有的人却对着彩虹赞叹老天爷的神奇。快乐的人生应该是不论在什么情况下都能通过自己的选择享受每一个过程。

游向高原的鱼

一位老者为之叹息，说这的确是一条勇敢的鱼，然而它只有伟大的精神却没有伟大的方向。

水从高原流下由西向东，渤海口的一条鱼逆流而上。

它的游技很精湛，因而游得很精彩，一会儿冲过浅滩，一会儿划过激流，它穿过了湖泊中层层的渔网，也躲过无数水鸟的追逐。它逆游过著名的壶口瀑布,堪称奇迹;又穿过了激水奔流的青铜峡谷,博得鱼儿们的众声喝彩。它不停地游,最后穿过山涧,挤过石罅,游上了高原。

然而,它还没来得及发出一声欢呼,瞬间却冻成了冰。

若干年后,一群登山者在唐古拉山的冰块中发现了它,它还保持着游动的姿势。有人认出这是渤海口的鱼。

一位年轻人感叹,说这是一条勇敢的鱼,它逆行了那么远那么长那么久。

一位老者为之叹息,说这的确是一条勇敢的鱼,然而它只有伟大的精神却没有伟大的方向,它极端逆向的追求,最后得到的只能是死亡。

(红　狼)

软件巨子比尔·盖茨在谈及自己的成功经验时曾说,我的成功并不是因为我做了什么,而是因为我没有做什么,有时做事情并不能只看方法,更重要的是方向。

高调做事,低调做人

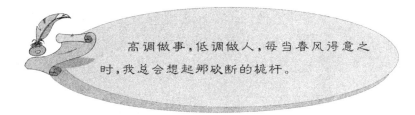

高调做事,低调做人,每当春风得意之时,我总会想起那砍断的桅杆。

朋友在办公室的墙上挂了他自撰自书的条幅,上写:竖起桅杆做事,砍断桅杆做人。他说这是他的一次惊心动魄的经历的结晶。

他出生在渔民家庭，世世代代以出海打鱼为生。或者是家庭的熏染，或者是男孩的天性，他从小就喜欢海，在海边拾贝壳，在海里戏水。他几次请求爷爷带他出海打鱼，可爷爷总是以他还小为借口拒绝。他懂得爷爷的心思，爷爷是怕他这根独苗发生意外。

他长大了，参加工作了，并且要远离家乡，到一个看不见海的地方。在等待行期的日子里，爷爷决定带他出一次海，一来了却他一向的心愿，二来让他去大海深处见识见识大海的博大，开阔他的心胸，或许对他的人生会有益处。

他非常兴奋，跟着爷爷跑前跑后，做好所有准备工作之后，在一个风和日丽的日子扬帆出海了。

大海深处，爷爷教他如何使舵，如何下网，如何根据海水颜色的变化辨识鱼群。可是天有不测风云，大海的脾气也让人捉摸不透。刚刚还晴空万里，风平浪静，突然间就狂风大作，巨浪滔天，几乎要把渔船掀翻，连爷爷这个老水手都措手不及，吃力地掌着舵，同时以命令的口气大喊："快拿斧头把桅杆砍断，快！"他不敢怠慢，用尽力气砍断了桅杆。

没有桅杆的小船在海上漂着，直漂到大海重新恢复平静，祖孙俩才用手摇着橹返航。途中，由于没有桅杆，无法升帆，船前进缓慢。他问爷爷："为什么要砍断桅杆？"爷爷说："帆船前进靠帆。升帆靠桅杆，桅杆是帆船前进动力的支柱；但是，由于高高竖立的桅杆使船的重心上移，削弱了船的稳定性，一旦遭遇风暴，就有倾覆的危险，桅杆又成了灾难的祸端；所以，砍断桅杆是为了降低重心，保持稳定，保住人的生命，人——是最重要的。"

行期到了，虽然离开了爷爷，但他把爷爷的话记在了心里，那次历险也在他心里扎下了根。他的工作非常出色，得到了大家的拥护，一再升迁。他说："做事就像扬帆出海，必须高起点，高标准，高效率，就像高高的桅杆上鼓满风帆一样；做人则要脚踏实地，无论取得多大成绩，尾巴也不能翘到天上，无论地位多么显赫，也不能凌驾于他人之上，否则就会失去民心，失去做人的本分，终将倾覆于众人的汪洋大海之中。"高调做事，低调做人，每当春风得意之时，我总会想起那砍断的桅杆。

（吾心木）

　　成功的人之所以成功，是因为他总是利用别人空谈理想和吹嘘自己的时间，默默无闻地努力。不管我们现在是否成功，但我们应该明白一个人的价值是用行动和成绩而不是浮夸语言来证明的。

只 要 开 始

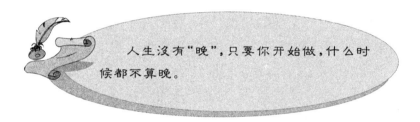

　　人生没有"晚"，只要你开始做，什么时候都不算晚。

　　马维尔是美国 20 世纪最著名的记者，1864 年，美国南北部战争结束时，在去帕特森的途中，他意外地遇到了林肯总统，并匆匆采访了林肯总统。

　　从那时起，马维尔就决心要采访到所有每一位与他同时代的世界名人，并且，不需任何翻译，他要亲自和世界上的每一位名人自由对话。为实现自己的这个艰巨人生愿望，马维尔自学了法语、德语、俄语等，并且亲自和许多国家的名人做了面对面的直接交谈和采访，发表了一大批举世瞩目的新闻作品。

　　1918 年，马维尔已经 72 岁了，但他决定要远渡重洋，到中国来采访当时的中国领袖孙中山先生。从做出了这个决定的那一天起，马维尔就开始学习他一点儿都不懂的汉语。许多亲戚和朋友劝他说："汉语很难学，许多年轻人都不容易学会，何况你这个已经七十多岁的老头儿呢？"但马维尔说："尽管我 72 岁了，但现在开始学汉语，也还不算晚，我相信有一天，我会用汉语同中国的孙中山先生直接交谈的！"谁也劝阻不住这个又瘦又高的固执老头儿，都叹息着对他摇摇头耸耸肩走了。要用汉语采访中国的孙中山，这或许将是这位固执的 72 岁老翁一个永远不能实现的人生梦想吧？当时，许多美国人都这样想。

为了实现自己的这一个人生愿望，马维尔开始挂着拐杖频频出入于纽约的唐人街上，他向做生意的华人学，缠着中国驻纽约的大使馆领事学，甚至同一些街头流浪的底层华人学，从简单的礼仪用语，到高深莫测的美妙中国诗词，历时三年多，这个原本对汉语一窍不通的美国七旬老翁，已经可以用流利的汉语同唐人街上的华人讨价还价自由交谈了。

1922 年，已经 76 岁的老翁马维尔搭乘远洋轮船终于向中国进发了，在广州，他见到了孙中山，孙中山征询他说："马维尔先生，我们用英语交谈可以吗？"但马维尔却说："不，我们用贵国的汉语直接交谈！"那天，马维尔一句英文也没有说，他用准确流利的地道汉语采访了孙中山，并和孙中山先生亲切做了促膝长谈。

有记者问马维尔说："你 72 岁了才开始学汉语，你感觉是不是有些晚？"老态龙钟的马维尔朗声回答说："晚？只要你开始做，什么时候都不算晚！"

人生没有"晚"，只要你开始做，什么时候都不算晚。

（李雪峰）

成长悟语

做每一件事，只要开始行动，就算获得了一半的成功。做总是比不做好，即使不完美，做错了，也为下一次的成功奠定了一块基石。人的潜能是无法估计的，许多令人难以想象的障碍也能被你轻松突破，当然前提是：你必须行动起来。

花儿在开

人就是这样，当你以一种豁达、乐观向上的心态去构筑未来时，眼前就会呈现一片光明。

有一个人想学医，可是又犹豫不决，就去问他的一个朋友："再过4年，我就44岁了，能行吗？"

朋友对他说："怎么不行呢？你不学医，再过4年也是44岁啊！"他想了想，瞬间领悟了，第二天就去学校报了名。

有一个年轻人，几年前跟人合伙做生意，运货的船突遇风浪翻了，他们所有的财产和梦想也随之坠入了海底。他经不起这个打击，从此变得萎靡不振，神思恍惚。当他看到另一个跟他一起遭遇变故的人居然活得有滋有味时，就去询问原因，那人对他说："你咒骂，你伤心，日子一天天地过去；你快活，你欢乐，日子也一天天地过去，你选择哪一种呢？"

人就是这样，当你以一种豁达、乐观向上的心态去构筑未来时，眼前就会呈现一片光明；反之，当你将思维囿于忧伤的樊笼里，未来就变得暗淡无光了。长此下去，你不仅会将最起码的信念和勇气泯灭，还会将身边那些最近最真的欢乐失去。对每一个人来说，那些如空气一样充塞在身边的欢乐才是最重要的，它组成我们生命之链上最真实可靠的一环，你一节一节地让它松落了，欢笑怎么能向下延续呢？

成长悟语

　　日子每天都一样，不一样的是你的心情和发生在你周围的事。时间和发生在自己周围的事都是我们无法改变的东西，唯一能改变的是自己的心情。你想快乐还是郁闷？决定权掌握在你自己的手中。

鹊尾上的盐

　　奥勒突然明白了一些很重要的东西。"我不再需要你了！"他喊道，"现在我知道怎样不用许愿就得到我想要的东西了。"

　　有个叫奥勒的小男孩，总是渴望得到自己没有的东西。

　　"只要有一把亮闪闪的小刀，我就可以给自己刻玩具玩了，"他这样念叨着，"只要有一辆马车，我就可以拉着我的玩具到处跑了；只要有一匹小马……"

　　有一天，他看到一只喜鹊站在树枝上。他曾听人说过，谁能把盐放在喜鹊的尾羽上，它就会满足他的愿望。

　　整个下午他一直追着喜鹊跑，直到累得跑不动才停下来。这时喜鹊飞下来冲他说话。

　　"你是在找我吗？"喜鹊问道。

　　"你居然会说话！"奥勒叫了出来。

　　"是啊，"喜鹊说，"你知道，我实际上是一个会魔法的公主。我可以让你把盐放在我的尾巴上，然后满足你的愿望。可是你要先为我做点儿事情。"

"什么都行！"奥勒干脆地回答。

"那就给我弄一把亮闪闪的小刀来，这样我就能修理我的爪子。我是公主，外表必须整洁。"

于是，奥勒就忙着从森林里采摘浆果拿到市场上去卖。不久，他就挣够了钱去买来一把小刀。他拿了些盐放在兜里，然后就飞奔回森林。

但是，喜鹊一见到小刀就笑开了："这只是把普通的小折刀。我要的是一把有银质手柄的刀，那才配得上我公主的身份。"

"那我去给你弄一把那样的刀。"奥勒说道。

"不用了。现在我想要一辆马车来拉我的东西。你知道，我是一个公主，有很多东西的。"

于是，奥勒用小刀给镇上的孩子们雕刻玩具。他是个雕刻好手，他刻出了奶牛、马匹和小鸟。孩子们喜欢这些玩具，便央求母亲买下它们。很快，奥勒就挣够了钱去给喜鹊买马车。

但当喜鹊看到马车时，它生气地拍动着翅膀："我是一个公主，怎么能用这样的马车呢！我要的可是镶着金边而且有天鹅绒坐垫的。"

"那我去给你弄一辆那样的。"奥勒说。

"不用了。现在我想要一匹小马。我喜欢遛马，那样有气派。"

"如果我给你牵来了那样的马，你能满足我的愿望吗？"

"当然。"喜鹊说道。

于是，奥勒用马车为镇上的人们运东西。他时而拉一车木头，时而拉一车蔬菜，所有人都可以搭他的车。很快他便挣够了钱来买一匹漂亮的小黑马。他相信喜鹊会喜欢它的。

但当喜鹊看到小黑马时，它摇了摇头说："我喜欢棕色的小马。"

"扑通"一声，奥勒生气地坐到地上，"让你高兴可真难，"他说，"你要小刀，我给你拿来小刀；你要马车，我给你送来马车；你要小马，我也给你牵来了。如果你还不高兴，那我就永远不能把盐放到你的尾巴上去许什么愿了！"

"你说得对，"喜鹊唧唧地说道，"讨我高兴是很难。但既然你已经这么努力了，现在你可以许愿了。"喜鹊伸出了尾巴。奥勒捏了些盐放在上面。"好,现在告诉我你想要什么。"喜鹊说。

奥勒迫不及待地说:"我想要一把……不,这个我有了。那我要一辆……不,这个我也有了……"

"快点儿!"喜鹊催促着,"你的时间快到了!"

奥勒突然明白了一些很重要的东西。"我不再需要你了!"他喊道,"现在我知道怎样不用许愿就得到我想要的东西了。"

喜鹊笑了:"好好努力吧!"它说完就飞走了。

(朱志斌)

成长悟语

再多、再大的理想也是需要具体的行动一步一步去实现的,不背起行囊出发,整天坐在家里看地图,是永远也无法到达自己想去的地方的。

每天都有一百个担心

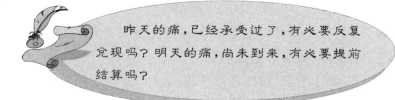

昨天的痛,已经承受过了,有必要反复兑现吗?明天的痛,尚未到来,有必要提前结算吗?

美国有一个老妇人,她的丈夫在她54岁那年突然去世。丧夫之痛尚未消散,打击就接二连三地到来:首先是几个子女为遗产问题闹得不可开交,接着是丈夫生前倾注全力经营的加油站宣告破产。为抵偿债务,她不得不卖掉房子以及一切值钱的东西。寂寞、贫穷、疾病,以及由此而来的种种不幸,使她感到余生可怕。

她整天郁郁寡欢。她在心里一遍一遍地念叨着：我才 54 岁，我才 54 岁啊！谁都清楚，她是在为自己的将来担心。因为按照常识，她还需要在人世苟活二三十载。如果承上帝眷顾，这二三十载没有贫穷和病痛，那伴随她的一定是日胜一日的寂寞；如果没有寂寞和贫穷，那一定有病痛；如果没有病痛和寂寞，那一定有贫穷。总之，不幸有万千种，总有一样会伴随她。何况，贫穷和寂寞显然已经开始叩她的门了。

她想她应该找份工作。但是当这个念头冒出来的时候，她被自己吓了一跳：谁会雇用一个年过半百的妇人呢？即使有人愿意扔这个钱，一个 54 岁的老妇人到底能做些什么呢？即使她能做点儿简单的苦活，但谁会相信这个呢？即使有人愿意相信，愿意给她提供做工的机会，她能保证在 8 小时内有足够的精力吗？

她担心别人嫌她老，担心别人嫌她动作迟缓，担心自己承受不了别人要求的工作强度……她每天都有 100 个担心。这让她更加怀念过去，怀念丈夫在世的年月……由怀念而生悲痛，她重新陷入丧夫的阴影中，不能自拔。

这彻底毁掉了她的健康。如此一来，贫穷、寂寞、疾病便全部被她请进了门。

她不得不住进医院里去。医师了解她的情况后，对她说："你的病情很严重，需要长期住院治疗。可是你又没有钱……我看这样吧，从现在开始，你就在本院做零工，以赚取你的医疗费用。"

她说："可是我到底能做什么呢？"

医师说："也没多难，每天就打扫 100 个病房的卫生吧。"

手握扫帚，她的心里开始宁静起来：反正没有比这更好的了，而且就目前的情况来说，自己也似乎别无选择。她开始忙碌了。每踏进一个病房，她就目睹一次他人的病痛和灾难，她的心也就豁亮一次，因为她觉得自己的情况看起来是最好的——她毕竟还可以做点儿活计，虽然这活计看起来是那么微不足道，但这至少说明她的健康状况在所有病人中是最好的。

她的心每天豁亮 100 次。这 100 次豁亮足以驱赶每天在她心里萦绕的 100 个担心。

渐渐地,她不再担心什么了,因为她实在是太忙碌了。对她来讲,担心反倒成了一种非常奢侈的情绪,因为它需要闲暇。这样,她的心就豁亮起来。

驱除了疾病和寂寞,似乎只有贫穷才是应该花气力解决的事。所以,在医师建议她出院时,她说服院方让她留了下来。她在保洁员的岗位上干了三年。由于经常接触各种各样的病人,所以她对病人的心理了如指掌,三年后,她被院方聘为心理咨询师。疾病、寂寞早已远她而去,贫穷也开始向她挥手告别。她觉得她的人生又重新开始了。

在她76岁那年,她终于拥有了这家医院51%的股权。在她办公室的墙上有这么一句话:昨天的痛,已经承受过了,有必要反复兑现吗?明天的痛,尚未到来,有必要提前结算吗?

(老 圈)

成长悟语

事情的严重性往往会在盲目的猜测和担心中加倍,所以,在没有全面详细了解事情的情况下,千万不要在情绪的左右下轻易作出决定,它很可能让你后悔莫及。

忘掉你的龅牙

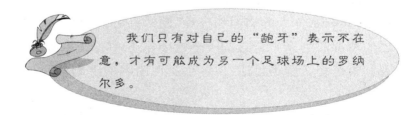

我们只有对自己的"龅牙"表示不在意,才有可能成为另一个足球场上的罗纳尔多。

被称为"外星人"的罗纳尔多也许是世界上令后卫最头疼的前锋。

足球场上，他精准的射门，惊人的起动速度，以及那种无时无刻不在的霸气，足以让每一个对手恐惧。可又有谁知道，他开始学踢球时，尽管有非凡的踢球天赋，但他的表现并不是特别好。

因为只要一上场比赛，他就紧闭着嘴唇，生怕别人看见他的龅牙。他宁愿把奔跑的速度放慢，也不愿意把嘴巴张开自由地呼吸，让人看到他的那口龅牙。直到后来，有个细心的教练发现了这个问题，于是把他换下了场，拍了拍他的肩膀说："罗尼，你的龅牙不是你的错，你在场上时应该忘记你的龅牙。只有你在球场上成功，才能让别人眼中只有你精湛的球技，而忘记你相貌上的缺点。不然，你的缺点永远在别人的眼中。"

自此以后，罗纳尔多在踢球时不再刻意隐藏自己的龅牙，敢于张嘴自由呼吸。他的球技突飞猛进，并在 17 岁时就进了巴西国家队，获得了世界杯，不到 20 岁就获得了世界足球先生的称号。

罗纳尔多功成名就后，球迷们似乎从来就没有嘲笑过他的龅牙，甚至还有一些球迷津津乐道地说他的龅牙很性感。

罗纳尔多不敢露出他的龅牙，我们是不是有时也不敢露出我们在其他方面的"龅牙"，即使在"球场"上跑得气喘吁吁也不愿张开嘴巴呢？

如果罗纳尔多在球场上不敢张开嘴巴，那么在世界足球史上也许就少了一个球王级的人物。其实在很多时候，正是一些自以为"羞于见人"的缺点，成了束缚我们成功的瓶颈，我们只有对自己的"龅牙"表示不在意，才有可能成为另一个足球场上的罗纳尔多。

（阿　翔）

成长悟语

　　其实别人怎么看待你，取决于你怎么看自己。假如你在意的是你的缺陷，那么别人关注更多的是你的缺陷；如果你在意的是你的优点，那么别人也会把目光放在你的优点上。

不要做懦夫

他只用了一句西方谚语："没有失败的成功者，只有成功的失败者；没有失败，只有失败者。"

应该说，我和我的许多同学都是沾"扩招"的光才有机会读大学的。但是我和他们却都抱怨不已。如果不是高考发挥不好，如果不是志愿填报不当，怎么说也不至于被"扩招"进这么一所"三流学校"。

这样的心态一直持续到了第一学期快要结束的时候。一天，系里举办讲座，主讲人张教授，据说还是我们的师兄，现在是某名牌大学研究生院院长，讲座的主题是"如何度过我的大学"。

张教授开门见山："听说你们有 80% 的人对自己的学校不满！是的，你们中的不少人，因为志愿填报不当，被重点大学拉下马，最终进了这所名不见经传的'三流大学'，我为各位感到委屈和不公平！"

顿时，台下掌声雷动。张教授微笑着示意大家静下来。说来也怪，本来平日里不怎么听话的学生，听了张教授的话，会场比凌晨两点的宿舍还安静。张教授接着演讲："但是各位，你们既然读的是这所大学，就说明你们只配上这所学校，这是由你们的能力和智力等因素决定的！

"如果说进这所学校，是你们人生的一次失败！那么，你们不去想办法解决已成定局的失败所带来的问题，而是千方百计地为自己的失败找理由、找借口，这样，我不仅感觉到你们弱智、无能，还感觉到你们的虚伪,你们是群懦夫! 没有勇气面对现实,你们的人格一定存在严重的缺陷! 在你们面前做报告,我感觉到可耻! "

说到这儿,张教授一甩讲演稿,头也不回就走了。讲座不到5分钟,结束了。

台下的学生,没有一个鼓掌的,没有一个起哄的,没有一个起身走的。直到管理员来锁门,大家才惨兮兮地离开。

春节结束了,同学们拖拖拉拉来到学校。按惯例,正式上课前一天晚上要开个班会,等班长打开教室门,我们都傻眼了——黑板上方多了一幅字:我们是群懦夫? 这之后的三年时间,没有人提高考的事,绝大多数同学都准备考研,个别因为家庭原因不考研的,也都在拼命学习,拼命地拿证书。三年来,每次开班会,班长都会带大家大声朗读三遍黑板上方的条幅:我们是群懦夫?

终于,考研成绩出来了,我们班共60人,51人报考,51人上线! 余下的9人,去年年底就相中了满意的"婆家"。

大学毕业临近,大家一致要求辅导员再请张教授来做报告。张教授来了,报告依然很短,他只用了一句西方谚语:"没有失败的成功者,只有成功的失败者;没有失败,只有失败者。"

掌声经久不息,为张教授,更为自己。

(唐　子)

成长悟语

生活中,每个人都会获得成功,也会遭遇失败。一时的成败得失都只是生活的一个部分,应该用平常心去面对,而不要把它们当成是生活的全部。

光 之 香

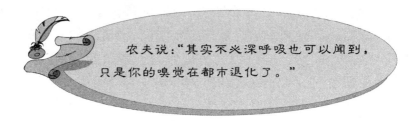

农夫说:"其实不必深呼吸也可以闻到,只是你的嗅觉在都市退化了。"

　　我遇见一位年轻的农夫,在南方一个充满阳光的小镇。

　　那时是春末,一季稻谷刚刚收成,春日阳光的金线如雨倾盆地泼在温暖的土地上,牵牛花在篱笆上缠绵盛开,苦苓树上鸟雀追逐,竹林里的笋子正纷纷绽出土地。细心地聆听植物突破土地、在阳光下成长的声音,真是人间非常幸福的感觉。

　　农夫和我坐在稻谷旁边,稻子已经铺平摊开在场上。由于阳光的照射,稻谷闪耀着金色的光泽,农夫的皮肤也染上了一种强悍的铜色。我在农夫家做客。刚刚是我们一起把稻子倒出来,用犁耙推平的——也不是推平,是推成小小山脉一般,一条棱线接着一条棱线,这样可以让"山脉"两边的稻谷同时接受阳光的照射。似乎几千年来就是这样晒谷子,因为等到阳光晒过,八爪耙把棱线推进原来的谷底,则稻谷翻身,原来埋在里面的谷子全翻到向阳的一面来——这样晒谷比平面有效而均衡,简直是一种阴阳哲学。

　　农夫用斗笠扇着脸上的汗珠,转过脸来对我说:"你深呼吸看看。"

　　我深深地吸了一口气,缓缓吐出。

　　他说:"你闻到什么没有?"

"我闻到的是稻子的气味,有一点儿香。"我说。

他笑了,说:"这不是稻子的气味,是阳光的香味。"

阳光的香味?我不解地望着他。

那年轻的农夫领着我走到稻谷中间,伸手抓起一把向阳一面的谷子,叫我用力地嗅,稻子成熟的香气整个扑进我的胸腔;然后,他抓起一把向阴的埋在内部的谷子让我嗅,却没有香味了。这个实验让我深深地吃惊,感觉到阳光的神奇,究竟为什么只有晒到阳光的谷子才有香味呢?年轻的农夫说他也不知道,是偶然在翻稻谷晒太阳时发现的。那时他还是个大学生,暑假偶尔帮忙,想象着都市里多彩多姿的生活,自从晒谷时发现了阳光的香味,竟使他下决心留在家乡。

我们坐在稻谷边,漫无边际地谈起阳光的香味,然后我几乎闻到了幼时刚晒干的衣服上的味道,新晒的棉被、新晒的书画的味道,光的香气就那样淡淡地从童年中流泻出来。自从有了烘干机,那种衣香就消失在记忆里,从未想这过是阳光的原因。

农夫自有他的哲学,他说:"你们都市人可不要小看阳光,有阳光的时候,空气的味道都是不同的。就说花香好了,你有没有分辨过阳光下的花与屋里的花香气不同呢?"

我说:"那夜来香、昙花香又作何解呢?"

他笑得更得意了:"那是一种阴香,没有壮怀的。"

我便那样坐在稻谷边,一再地深呼吸,希望能细细品味阳光的香气。看我那样正经庄重,农夫说:"其实不必深呼吸也可以闻到,只是你的嗅觉在都市退化了。"

(林清玄)

第六辑 在危难中享受安然

成长悟语

　　有一个小姑娘最喜欢妈妈帮她晒被子,因为每次钻进晒好的被子里,她都可以闻到太阳的味道。不仅仅是被子,许多东西都是这样,被阳光充溢着便会散发不一样的美丽,例如:开在阳光下的花朵,充满阳光的心灵……

人就是这样，当你以一种豁达、乐观向上的心态去构筑未来时，眼前就会呈现一片光明；反之，当你将思维困于忧伤的樊笼里，未来就变得暗淡无光了。

好运气缘何降临七次

也许每个人心里都有过这么一盏灯,为自己点亮的同时也为别人点亮,为自己守候的同时也守候着别人,唯有这样点一盏心灯,在这个静寞的秋夜里,让心灵有了寄宿,让人在回眸的时候,仍然相信人世间一切的美好。

路途的顶端

> 你只需要记住一点，无论路途多么遥远、多么坎坷，你永远是走在自己路途的最顶端，至于其他的问题，你无须理会。

鹅毛大雪下得正紧，漫山遍野都裹上了一层厚厚的雪。

有一位樵夫挑着两担柴吃力地往山上爬，他要翻过眼前的大山才能到家。樵夫一脚深一脚浅地走在山地雪路上，寂静的山头只听见脚踩着雪发出吱吱的响声。

肩挑沉重的柴，头顶凛冽的北风，樵夫每一步都走得十分费力。好不容易爬了一段路，满以为离山顶近了，可是他抬头仰望，看见前方仍是没个尽头。

樵夫沮丧极了，跪拜在雪地上，双手合十乞求佛祖现身帮忙。

佛祖现身问："你有何困难？"

"我请求您帮我想个办法，让我尽快离开这鬼地方，我累得实在不行了。"樵夫疲惫地坐在地上。

"好吧，我教你一个办法。"说完，佛祖把手向农夫身后一指说，"你往身后瞧去，看见什么？"

"身后是一片茫茫白雪，只有我上山时留下的脚印。"樵夫不解地说。"你是站在脚印的前方还是后方？"

"当然是站在脚印的前方，因为每一个脚印都是我踩下去后才留下的。"樵夫理所当然地回答。

"孺子可教！如此即是说你永远站在自己走过路途的顶端。只是这个顶端会随着你脚步的移动而变化。你只需要记住一点，无论路途多么遥远、多么坎坷，你永远是走在自己路途的最顶端，至于其他的问题，你无须理会。"说完，佛祖便消失了。

樵夫照着佛祖的指示，果然轻松愉快地翻过山头回到家。

（朵 朵）

成长悟语

伸出你的手，打开你的手掌你可以看到你的命运线，当你抓紧拳头的时候，命运线就牢牢地在你手中。很多时候并不是你没有能力，而是你没有尽全力。

两 头 骆 驼

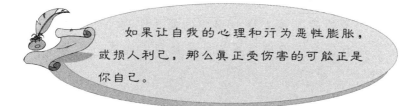

如果让自我的心理和行为恶性膨胀，或损人利己，那么真正受伤害的可能正是你自己。

在茫茫的沙漠深处，一头驮着沉重货物的老骆驼体力高度透支。另一头体力强壮的骆驼与它结伴而行。

老骆驼看了看仅仅驮着一丁点儿货物而轻松前进的同伴后，便以哀求的目光气喘吁吁地对它的同伴说："请你帮助我驮一点儿东西吧，对你来说，这不算什么，但对我来说，却可以减轻不少负担。"

可另一头骆驼极不情愿而又幸灾乐祸地回答："我凭什么要帮助

135

你驮东西，那是你的事，与我无关。你老实地承受着负担吧，我乐得轻松呢！"

又走了一程，老骆驼实在坚持不住了，再次向它的同伴请求说："我……我……我真的体力不支了，你行行好吧。要是我倒下去了，你将要驮更多的东西了，你可不要后悔呀。"

"你别啰唆了，我懒得再听到你的声音。你倒下去了和我有何关系，说不定会有更多的食物和水供我享用呢。哈哈哈！"这个同伴哪里听得进老骆驼的请求和忠告呢。

不久，老骆驼真的累死了。主人将老骆驼背上的所有货物加在它的同伴背上，这头骆驼才想起死去老骆驼的请求和忠告，顿时懊悔不已。

不少现代人越来越注重自我价值的实现，而忽视他人的需求。可是，一定不要忽略了这样一个基本事实，那就是：我们共同生活的环境，就如同在一条船上，大家是同舟共济的，别人的好坏与我休戚相关，在帮助别人时，其实也在帮助自己。如果让自我的心理和行为恶性膨胀，或损人利己，那么真正受伤害的可能正是你自己。

成长悟语

请不要吝惜给予路上偶遇的人们温暖的微笑与眼神，不要在他们需要的时候吝惜伸出你的援手，因为很可能在你陷入困境的时候向你伸出援手的就是他们中的某一个人。

生命的极致

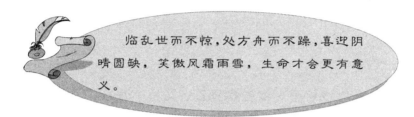

临乱世而不惊，处方舟而不躁，喜迎阴晴圆缺，笑傲风霜雨雪，生命才会更有意义。

他颈椎以下的部位全部瘫痪，四肢已经变形、僵硬、泛黑。在木床上躺了 23 年的身体，只有头部还听使唤。但他还是庆幸自己能拥有一天又一天。

他叫林豪勋，48 岁，台湾台东卑南人。23 年前，姐姐为了照顾中风的母亲，决定将旧平房改建为有阳台的两层楼房。25 岁的林豪勋从台北赶来帮忙。没想到，一脚踩空从二楼摔下，摔断了颈椎。

卧床的头两年，林豪勋几乎绝望。但姐姐告诉他："自怨自艾只不过是在践踏自己，真正的男子汉应该有勇气开创未来。"

1990 年底，朋友送他一台淘汰的 286 电脑。从此，林豪勋开始成为"啄木鸟"——躺在床上，咬着加长的筷子敲击键盘。尽管门牙咬得缺了半截，舌头经常磨破了皮，但他仍然顽强地在电脑上"啄"着生命的乐章。

他从整理自家族谱开始，陆续为 260 多位亲友写出家谱。接着又编写了《卑南字典》，以 16 个子音、4 个母音，完成了 5000 个族语的记录。 1993 年接触电脑音乐后，便又以饱满的热情投入卑南交响乐的创作。

林豪勋首先将祖先流传下来的乐章输入电脑,让卑南遗音点点滴滴地保留下来,再以曹族的旋律为基础,加入布农族的杵音、泰雅族的口簧琴。令他兴奋的是,电脑不但可以通过硬件和软件"软硬兼施"地合成交响乐,还可以把键盘当钢琴琴键,满足自己学琴的夙愿。

林豪勋说,自己不知道还能活多久,但只要活着,他就会认真地过好每一天。当生命被生活推向极致时,往往展现出一分从容之美。临乱世而不惊,处方舟而不躁,喜迎阴晴圆缺,笑傲风霜雨雪,生命才会更有意义。

(聂小武)

成长悟语

生命的潜能平时都安静地躲在某一个角落,只有热爱生命,在任何艰难险阻中都不放弃希望,不停止努力的人,才能将潜能的烟花点燃,使它绽放出生命的另一种美丽。

一个贫穷的小提琴手

小提琴手说:"虽然我没钱,但我活得很快乐;假如我没了诚信,我一天也不会快乐。"

在繁华的纽约,曾经发生过这样一件震撼人心的事情。

星期五的傍晚,一个贫穷的年轻艺人仍然像往常一样站在地铁站的入口,专心致志地拉着他的小提琴。琴声优美动听,虽然人们都急急忙忙地赶着回家过周末,还是有很多人情不自禁地放慢了脚步,时不时会有一些人在年轻艺人面前的礼帽里放一些钱。

第二天黄昏,年轻的艺人又像往常一样准时来到地铁站入口,把他的礼帽摘下来很优雅地放在地上。和以往不同的是,他还从包里拿出一张大纸,然后很认真地铺在地上,四周还用自备的小石块压上。做完这一切以后,他调试好小提琴,又开始了演奏,声音似乎比以前更动听更悠扬。

不久,年轻的小提琴手周围站满了人,人们都被铺在地上的那张大纸上的字吸引了,有的人还踮起脚尖看。上面写着:"昨天傍晚,有一位叫乔治·桑的先生错将一份很重要的东西放在了我的礼帽里,请您速来认领。"

人们看了之后议论纷纷,都想知道是一份什么样的东西,有的人甚至等在一边想看个究竟。过了半小时左右,一位中年男人急急忙忙跑过来,拨开人群冲到小提琴手面前,抓住他的肩膀语无伦次地说:"啊!是您呀,您真的来了,我就知道您是个诚实的人,您一定会回来的。"

年轻的小提琴手冷静地问:"您是乔治·桑先生吗?"

那人连忙点头。小提琴手又问:"您遗落了什么东西吗?"

那个先生说:"奖票,奖票。"

于是小提琴手从怀里掏出一张奖票,上面还醒目地写着乔治·桑,小提琴手举着彩票问:"是这个吗?"

乔治·桑迅速地点点头,抢过奖票吻了一下,然后又抱着小提琴手在地上疯狂地转了两圈。

原来事情是这样的:乔治·桑是一家公司的小职员,他前些日子买了一张一家银行发行的奖票,昨天上午开奖,他中了50万美元的奖金。昨天下午,他心情很好,觉得音乐也特别美妙,于是就从钱包里掏出50美元,放在了礼帽里,可是不小心把奖票也扔了进去。小提琴手是一名艺术院校的学生,本来打算去维也纳进修,已经订好了机票,时间就在今天上午,可是他昨天整理东西时发现了这张价值50万美元的奖票,想到失主会来找,于是今天就退掉了机票,又准时来到了这里。

后来,有人问小提琴手:"你当时那么需要一笔学费,为了赚够这笔学费,你不得不每天到地铁站拉小提琴,那你为什么不把那50万美元的奖票留下呢?"

小提琴手说:"虽然我没钱,但我活得很快乐;假如我没了诚信,我一天也不会快乐。"

(凡 华)

成长悟语

心安理得地生活,并非要拥有很多很多,而是因为我们所拥有的都是真正属于自己的东西。如果获得的前提是违背道德和良心,拥有全世界又有什么意思?

凡事要想开点儿

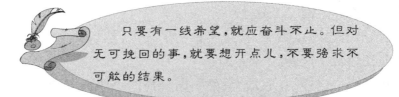

只要有一线希望,就应奋斗不止。但对无可挽回的事,就要想开点儿,不要强求不可能的结果。

小时候,有一天我到一间没人住的破屋里玩。玩累后把脚放在窗台上歇着时,一声响惊得我一跃而起。没想到左手食指上的戒指此时钩住了一只铁钉,竟把手指拉断了。

我当时吓呆了,认为今生全完了。但是后来手伤痊愈了,也就再没有为这事烦恼。现在我几乎从不想到左手只剩四根手指。

几年前,我在纽约曾遇到个开电梯的工人,他失去了左臂。我问他是否会感到不便,他说:"只有在纫针的时候才会感到。"

人在身处逆境时,适应环境的能力是惊人的。人可以忍受不幸,也可以战胜不幸,因为人有着惊人的潜力,只要立志发挥它,就一定能渡过难关。

小说家达克顿曾认为除双目失明外,他可以忍受生活上的任何打击。但当他60多岁、双目真的失明后。他却说:"原来失明也可以忍受。人能忍受一切不幸,即使所有感官都丧失知觉,我也能在心灵中继续活着。"

我并不主张逆来顺受,而应该这样:只要有一线希望,就应奋斗不止。但对无可挽回的事,就要想开点儿,不要强求不可能的结果。

话剧演员波尔赫德就是这样一位达观的女性。她的戏剧曾风靡四大洲五十多年之久。当她71岁在巴黎时,突然发现自己破产了。更糟糕的是,她在乘船横渡大西洋时,不小心摔了一跤,腿部伤势严重,引起了静脉炎。医生认为必须把腿部切除。善良的医生不敢把这个决定告诉波尔赫德,怕她忍受不了这个打击。可是他错了。波尔赫德注视着这位医生,平静地说:"既然没有别的办法,就这么办吧。"

手术那天,她在轮椅上高声朗诵戏里的一段台词。有人问她是否在安慰自己。她回答:"不,我是在安慰医生和护士,他们太辛苦了。"

后来,波尔赫德继续在世界各地演出,又重新在舞台上工作了7年。

花费精力和不可避免的事情抗争,就不能再有精力重建新生。为什么车子的轮胎能经得起长途辗磨呢?开始人们设计出很硬的抗震车胎,但用不了多久,被震得七零八落。后来造出有弹力的防震车胎,这才经得住磨损。如果我们也能像这种车胎一样,那我们也会生活得更稳定和长久。

([美]戴尔·卡耐基)

成长悟语

生活之路不可能都是平坦的阳光大道,肯定会有起有伏,会有坎坷,甚至会有荆棘。走过那些路时,我们可能会伤痕累累,此时不应该坐在荆棘丛中哭泣,而要拿起手中的刀斧开出一条新路。

学 会 感 恩

> 对很多给予者来说，也许这些给予是微不足道的，可是它的作用却常常难以估计。

感恩是一种生活状态，一种善于发现美并欣赏美的道德情操。

穷人区里的一位小学老师要求她所教的一班小学生画下最让他们感激的东西。她心想能使这些穷人家小孩心生感激的事物一定不多，她猜他们多半是画桌上的烤火鸡和其他食物。当看见杜格拉斯的图画时，她十分惊讶，那是以童稚的笔法画成的一只手。谁的手？全班都被这抽象的图案吸引住了。

"哦，我猜这是上帝赐食物给我们的手。"一个孩子说。"一位农夫的手。"另一个孩子说。

到全班都安静下来，继续做各人的事时，老师才过去问杜格拉斯，那到底是谁的手。"老师，那是你的手。"孩子低声说。她记得自己经常在休息时间，牵着孤寂无伴的杜格拉斯散步，她也经常如此对待其他孩子，但对无依无靠的杜格拉斯来说却特别有意义。

是的，一生中我们每一个人都会有要感谢的人和事，或许不是什么大恩大德，只是生活中的一点一滴，比如，感谢母亲辛勤的工作，感谢同伴热心的帮助，感谢人与人之间的相互理解……对很多给予者来说，也许这些给予是微不足道的，可是它的作用却常常难以估计。

懂得感恩的人,才能常在生活中发现美好,会用微笑去对待每一天。因为他们知道感恩不是简单的报恩,更是一种责任、自立、自尊和追求一种阳光人生的精神境界!

贫困不是理由

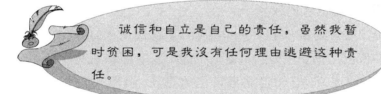

诚信和自立是自己的责任,虽然我暂时贫困,可是我没有任何理由逃避这种责任。

她只是个普通的农家女孩。去年高考,她考了683分的好成绩,超出重点录取分数线近100分。喜讯传来,一家人却陷入愁云惨雾之中:女孩一家5口,奶奶年事已高,母亲体弱多病,弟弟正上初中,全家的生活重担都压在父亲身上。父亲已经年过五旬,照顾几亩薄地,农闲时去附近煤矿挖煤。每天上午7点半下矿,工作到下午4点半才能出来吃饭,可即便如此,每月也只有几百元的微薄收入。为了供两个孩子读书,家里早已债台高筑。

当地媒体报道了女孩的窘境,引起了著名音乐人高晓松的关注。他决定资助女孩,并很快联系上她,在电话里郑重承诺:"我在电视上看到了你的情况,决定资助你。"怕伤害女孩的自尊,他特意又补充了一句:"不是因为你贫困,而是因为你有才华。"

喜从天降,女孩连声道谢。最后两人约定,女孩一旦拿到录取通知书就马上通知,他会把学费汇过去。

半个月后,女孩致电高晓松的秘书:"请转告高叔叔,我被浙江大学录取了。"当高晓松第二天准备汇款时,女孩又打电话来了:"高叔叔,非常感谢您的好意,可是我不能接受您的资助了。两天前,一位好心的伯伯资助了我大学4年的学费。昨天给您打电话,是因为我答应过您,被录取后一定要通知您。"

高晓松非常惊讶,也被女孩的诚实深深打动。他仍然想帮助她,就说:"杭州的物价很高,既然有人帮你出了学费,那我就负担你4年的生活费吧,每月500元,你看怎么样?""谢谢您!不过,我的生活费那位伯伯也资助了。希望您——能帮助别的比我更需要帮助的孩子。"女孩真诚地说。

其实,女孩完全可以接受第二笔资助,也没有人会去查证。这笔钱,可以还债,可以给弟弟买新书包,可以让自己的大学生活滋润一点儿,可是她不假思索地放弃了。

这位内心富有的女孩名叫李小萍,家在四川内江市的农村。

此事传出之后,引发了一场不小的争议。面对褒扬与质疑,李小萍依然平静,她说,诚信和自立是自己的责任,虽然我暂时贫困,可是我没有任何理由逃避这种责任。

(姜钦峰)

成长悟语

我们无论什么时候都不应该放弃美好的品德,就像先贤孟子所说的那样:不会因贫贱而改变,不会因富贵而动摇,也不会因受威胁而屈服。

花 开 无 语

> 不求任何回报，不给受施者丁点儿压力和难堪，是最人性的关怀。如果你的给予是真诚的，又何必去张扬？

他每年都要回家一两次，辗转几千里，让他牵肠挂肚的不仅仅是年迈体弱的母亲，还有难以割舍的乡情。他是个遗腹子，苦难与生俱来，像结伴而来的孪生兄弟一样伴随着他的成长。但苦难却没有在他心里留下伤痛，因为故乡的上空，乡邻们给他的温暖总是比寒冷早来一步。

他每次回家，都是一套简单的行装，坐着客车，一副从容淡定的样子。

回到这个偏僻的小山村，他立即是儿时玩伴的朋友，长辈眼中乖巧的孩子。他蹲在乡邻的热炕头儿上，一大屋子的人，喝着大碗儿酒，说着知心的话，那么随和，那么融洽。

他该是个有出息的人，村里的人这样断定。马上就有人持否定态度，哪有有钱人不讲排场，总是这样低调回乡的？想想也是，问他，他只是笑笑说："混得还不错，自己干，自己说了算。"真是谜一样的人。

谜底是在几年之后被揭开的。村子里此时已家家有了电视，一个村民偶然在转换频道时捕捉到了这张熟悉的面孔。那个山村的夜晚一下子沸腾起来。所有的眼睛都聚焦在他的身上。年近四十的他，衣着光鲜，诙谐又睿智地面对记者的采访。

145

村民们惊讶地张大了嘴。那个再熟悉不过、寻常百姓家的孩子,竟会是一个卓有成绩的董事长和著名慈善家。

电视里,记者问他:"你做公益事业,通常都是'隐姓埋名',就像在网络上聊天选择隐身方式一样,你的出发点是什么?"

他没有正面回答记者的问题,却调侃道:"没人相信'天上会掉下馅饼',而我偏偏遇上了两次。第一次是我考上市重点高中。那晚母亲和我正为学费唉声叹气,就听院子里'扑通'一声,有人扔进一块'黑石头',再一看石头上绑了个纸袋儿,里面是一沓儿厚厚的纸钞,面额不等。母亲和我数了一遍又一遍,竟是367元8角。忘不了,怎么能忘呢?同样的幸福回放,是在我接到大学录取通知书之后。"

他说:"花开无语,但花的芬芳早已沁入心扉。山村人虽然是贫穷的,但那种给予的方式却是最富有、最尊贵的。不求任何回报,不给受施者丁点儿压力和难堪,是最人性的关怀。如果你的给予是真诚的,又何必去张扬?"

村民们恍然大悟,那些困扰了他们多年令他们百思不得其解的疑团,在这一刻全都化解了。村里建小学的赞助费,张家孩子治病收到的汇款等等,竟然都是他所为。

(王建兰)

成长悟语

每一个鼓励的眼神,每一个善意的微笑,每一次真诚地伸出自己的援手,其实就是在播撒美好的种子。当时我们可能不经意,但再回首,你走过的地方已开满爱的鲜花。

没被改写的人生

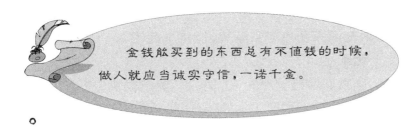

金钱能买到的东西总有不值钱的时候，做人就应当诚实守信，一诺千金。

他出生在香港一个贫困家庭，很小就被家人送到戏班。那时，演戏是下九流的行当，只有走投无路的穷苦人家，才会送孩子去学戏。

按照旧时梨园行的规矩，父亲同戏班签了生死状，在约定期限内，他的生杀大权都握在师傅手中。戏班里的管教异常严厉，本该在父母膝下承欢的年纪，他却在师傅的鞭子与辱骂下练功，吃尽了苦头。时间不长，他就偷偷跑回了家，父亲勃然大怒，坚决叫他回去："做人应当信守承诺，已经签了合同，绝不能半途而废。咱人虽穷，志不能短！"他只好重新回到戏班，刻苦练功，一练就是十几年。

终于学有所成，戏曲行业却一落千丈，他空有一身本事，却毫无用武之地。当时香港电影业正在迅速发展，但是男影星都是貌比潘安，威武雄壮。个子不高、大鼻子小眼睛的他，怎么在电影界混呢？

经人介绍，他进了香港邵氏片场，做了一个"臭武行"，专门跑龙套。他扮演的第一个角色，居然是一具"死尸"。苦点儿累点儿不算什么，要命的是，跑龙套的没有尊严，时常遭人百般刁难，冷嘲热讽。在那样的环境里，他没有怨天尤人，依然刻苦勤奋。由于学了一身好功夫，加上为人厚道，几年以后，他开始担当主角，小有名气，每月能拿到3000元薪水。

有一天，行业内的何先生约他出去，请他出演一个新剧本的男主

角:"除了应得的报酬,由此产生的10万元违约金,我们也替你支付。"何先生说完强行塞给他一张支票,匆匆离去。

他仔细一看,支票上竟然签着100万,好大一笔款子!他从小受尽苦难,尝遍艰辛,不就是盼望能有今天吗?可转念一想,如果自己毁约,手头正拍到一半的电影就要流产,公司必将遭受重大损失。于情于理,他都不忍弃之而去。

一宿难眠。次日清晨,他找到何先生,送还了支票。何先生很是意外,他则淡淡地说:"我也非常爱钱,但是不能因为100万就失信于人,大丈夫当一诺千金。"

何先生非常欣赏这位年轻人,他的事情也很快传开了。公司得知后非常感动,主动买下了何先生的新剧本,交给他自导自演。就这样,他凭借电影《笑拳怪招》创造了当年的票房纪录,大获成功。

那年他才25岁,全香港都认识了他——成龙。

从影三十多年以来,成龙一直都很拼命,重伤29次,却从未趴下,拍了80多部电影,在全世界拥有2.9亿铁杆影迷,还是唯一把手印、鼻印留在好莱坞星光大道上的中国演员。

有一次,成龙应邀去国外参加一个颁奖典礼,大批好莱坞大牌影星云集。他有些底气不足,谦逊规矩地站在一旁。出乎意料,那些大牌影星竟然主动排好队,一一上来同他握手。他这才恍然大悟:"哦,原来我也是大明星。"

在一次电视访谈中,成龙回忆起这些往事,感慨万千,深情地说道:"坦率地讲,我现在得到了很多东西。但是,如果当初我背信弃义,从戏班逃走,没有这身过硬的武功,或者为了得到那100万一走了之,我的人生肯定要改写。我只想以亲身经历告诉现在的年轻人,金钱能买到的东西总有不值钱的时候,做人就应当诚实守信,一诺千金。"

做事先做人,最珍贵的莫过于一诺千金。

(姜钦峰)

人成长的主题,并不是要变得如何圆滑世故,八面玲珑,恰恰是要保持我们的自然品性——真善美，不让它们被功利熏染，不让它们在我们的身上悄然流走。

一个失败者的最后挽救

"决不能让这些错误的研究成果流传到后世。"这是一位误入歧途的科学家惊醒之后的唯一信念。

18世纪初叶,科学大发展的前夕。在德国的匹兹堡大学里,有位哲学和医学教授白令葛,他十分喜爱研究化石。一天,几个学生给他带来了一些他从没见过的奇妙的化石,其中不仅描绘着飞鸟、昆虫以及其他珍禽怪兽,甚至还有介绍太阳、月亮和刻划着类似希伯来文的古老而又难以理解的石头书。教授看后,十分兴奋,立即跟学生一起到了发现化石的现场,再度挖掘出若干片化石。这是匹兹堡的郊外,有着古老的地层,正是教授经常采集化石并乐此不疲的地方。

从这一天起,教授便废寝忘食地埋头整理那些采集到的标本。那时,从近代意义上说,人类对化石的科学研究和科学认识还只处于刚刚起步阶段。经过数十载的辛劳,终于结出了果实——一本精美的包括有21张化石石版印刷图片的辉煌专著出版了,书名为《匹兹堡石志》。

然而,没过多久,一个让善良的人们永远也无法想到的悲剧发生了。一天,当教授再度对化石进行研究时,突然发现化石中有些竟然刻着自己的名字。他恍然大悟——可怜的教授为之耗尽了毕生心血,孜

孜以求进行科学研究的客体竟然是伪造的。原来,这些化石是学生们事先把动物形象雕刻在石灰岩上,然后埋入地底下的人工假化石。事实上,这还不仅仅是学生们的恶作剧,也是其他教授为了戏弄他而暗地里设置的一个罪恶陷阱。

在经过了这一残酷的打击后不久,白令葛教授也即将走完他的人生之路,告别人世间。在将要离别人世的时候,教授本着一个学者的良心,尽自己的最大努力去回收那些已出售的书,并把它们付之一炬。

"决不能让这些错误的研究成果流传到后世。"这是一位误入歧途的科学家惊醒之后的唯一信念。当白令葛教授亲手点燃焚烧《匹兹堡石志》的火焰时,我们看到了一个失败科学家的崇高光辉。

(苏　者)

良心是我们思想的镜子,它能照出我们的所有污点,让我们分辨出是非,让我们知道什么是正义。经得起良心的叩问,才能生活得真实。

人生因换车票而改变

人生充满机遇,然而,机遇对每个人来说都是公平的,只是有些人抓住了,有些人抓不住;有些人发现了,有些人却茫然不知;有些人在不断创造机会,而有些人则在苦等机会。不要以为机遇是一个依约前来的客人,他只是途经你家门前的路人。

你就是自己的奇迹

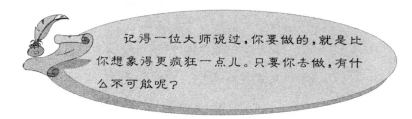

记得一位大师说过，你要做的，就是比你想象得更疯狂一点儿。只要你去做，有什么不可能呢？

他是个阳光帅气的小伙子，一头飘逸的长发，再加上一副墨镜，给人的第一印象总是酷酷的。从中医学院毕业后，他开了一家私人诊所，专门给病人推拿。他不仅医术精湛，而且生性乐观，爱好广泛，利用业余时间，他曾和朋友们组建了一支摇滚乐队，他担任吉他手。

一天，有个摄影家因患腰椎间盘突出，久治不愈，慕名找到了他的诊所。一来二去，他和摄影家成了好朋友，两人无话不谈。摄影家说，你爱好这么广泛，要不我教你摄影，敢不敢玩儿？他说，当然可以，有什么不敢玩儿的。第二天，摄影家就带来了一架海鸥牌单镜头反光照相机，很专业的那种。他心里有点儿发虚，昨天一句玩笑话，没想到摄影家竟当真了，盛情难却，他只好硬着头皮学起了摄影。

长这么大，他从没摸过照相机，一切都得从零开始。摄影家很有耐心，一点儿一点儿地教他，快门、光圈、对焦、运用光线……他第一次拍完了整卷的胶卷，结果只冲印出来19张。但他欣喜若狂，因为摄影家说过，36张胶卷只要他能冲出8张就算满分。摄影家的腰疾渐渐好转，一有时间就带着他去户外采风，他的悟性极高，摄影技艺与日俱增。在一次摄影比赛中，他的作品获得了优秀奖，在摄影家看来，他简直就是一个奇迹！

也许有人不以为然,不就是摄影拿了个小奖,有什么稀奇的?可是,如果我告诉你,他是个盲人,你会作何感想?恐怕绝大多数人的第一反应就是"不可能"。千真万确,他叫谈力,8岁时因为一次意外事故双目失明,现在他已经是扬州市摄影家协会会员。

熟悉照相机的人都知道,光圈和快门转盘都是一格一格转动的,手感明显,难不倒盲人。但对焦有点儿麻烦,因为对焦环是无级旋转的,光凭触觉很难把握,但是谈力有办法,他在对焦环上刻了一个标记,然后在相机的固定部位再刻一个标记作为参照点,问题自然迎刃而解。退一步讲,即使对焦不准也关系不大,摄影记者经常要抓拍突发事件,根本就来不及对焦,补救的办法通常是采取"小光圈,大景深",这样照片就不会模糊,这也是盲人摄影的一个有利条件。

网上流传着一张谈力的得意之作,照片上是他活泼可爱的女儿,昂着小脑袋,嘴巴张得大大的,灿烂的笑容惹人嫉妒,天真、顽皮、欢乐呼之欲出,无论构图还是用光,其水准都不逊于正常人。他是怎么做到的?在室外,他能感觉到阳光从哪边照射过来,然后叫女儿侧对光线站立,此时他又凭着声音来源确定女儿的方位,揣摩她的表情,适时地按下快门。就这么简单!

由此看来,盲人摄影的确不是神话。可是,依然有不少人表示质疑。他们无论如何不敢相信,那些优秀的摄影作品会出自盲人之手。谈力反倒处之泰然:"有人怀疑并不奇怪,我从不认为这是对盲人的歧视,因为我做的事情已经超出了他们的想象力范围。"

谈力"看"到了问题的本质。

其实,怀疑谈力的人同时也在怀疑自己。在他们的思维习惯里有太多的"不可能",许多事情还没动手做,自己先想当然地否决了,自然偃旗息鼓,不战自败。神话与现实并无界限,一百多年前,飞机就是个神话;谈力之前,盲人摄影也是个神话。记得一位大师说过,你要做的,就是比你想象得更疯狂一点儿。只要你去做,有什么不可能呢?

只要你去做,你就是自己的奇迹。

(姜钦峰)

　　人身上有无尽的潜能，它们无法发挥是因为很多时候我们都安于现状，只要给自己一个新的舞台，给自己一些新的机会，我们身上的潜能就会焕发出光彩。

记住自己的优势

　　诚实、自信、坚强，或者一项技能，你只要拥有其中的一项，并且让它很优秀，它就会成为你一生的资本。

　　某单位的外贸部有两位年轻人，一位是日语翻译，一位是英语翻译。两人都是名牌大学毕业，风华正茂，在单位领导的眼里，两人都是未来的外贸部经理候选人。

　　对此，两人心照不宣，在工作上暗暗较劲，你追我赶，每年的业绩完成得均十分理想。

　　单位原先有日商的投资，因此单位经营层经常需要和日本人打交道，理所当然的，那位学日语的年轻人经常在公开场合露面。一时间，他在单位里的口碑好于那位英语翻译。

　　英语翻译坐不住了，照此下去，他肯定会处于劣势，失去很好的晋升机会。

　　于是，他决定凭着大学时选修过日语的基础，暗暗学习日语，准备超越对手。

为了不让别人知道,他学日语是在暗中进行的,他几乎把业余时间都花在了日语的学习上。

几年过去了,他拥有了一张日语等级证书。他开始尝试着与日商进行会话,帮助营销员处理一些日文的翻译任务。

同事们对他掌握两门语言十分佩服,他自己也有一种成就感。但就在他自我感觉良好的时候,他翻译澳大利亚商人的贸易合同时关键词汇失误,给公司造成10万美元的损失。虽然事后公司通过谈判,挽回了部分损失,但公司董事长为此十分震怒。

他也十分内疚,但实在想不明白,为什么会误译一个并不生僻的单词。

反省再三,他醒悟过来,这些年忙学日语,早已疏于对英语词汇的充实和温习,错误的发生其实是不可避免的。

他在自己的专业上败下阵来,而且他的日语即使苦学几载,也无法达到对手的水平,他悔之不及。

一个人想击败对手,往往会忘了自己的优势,却沿着对手的思路进行思考,照搬照抄别人的做法。但是,一个走"抄袭"道路的人是根本无法进入别人最为熟悉也最有优势的领域的。

人生也是如此,不论你境况如何,你都不会一无是处。譬如诚实、自信、坚强,或者一项技能,你只要拥有其中的一项,并且让它很优秀,它就会成为你一生的资本。

(陆勇强)

成长悟语

　　每个人都有自己的长处与短处,所以每个成功者都有他的独特之处。我们应该坚定地走自己的路,记住自己的优势,因为它将成为我们一生的资本。

树　　叶

从现在起,让我们紧紧抓住自己的树叶吧!

　　我在伯父的林场里散步,时不时听到树上的小枝子断裂时发出的劈啪声,偶尔也可以听到猫头鹰的叫声。

　　"大卫,奶奶为什么会死?"8岁的堂弟蒂姆突然问我。我吓了一跳,因为我没有想到蒂姆会跟我说话,我们散步这么久了,他还没跟我说过一句话呢。

　　"那是上帝的意愿。"我边说边捡起一根树枝,用力甩了出去。我转过脸看看他,接着说:"上帝出于某种原因让她死的。"

　　"我不明白,你讲讲死到底是什么?"蒂姆大声说。他的语气让我吃惊,我看到他的眼睛里好像有了泪水。

　　"奶奶去世,你一定很伤心吧?"

　　他点点头。

　　"好吧,我来跟你讲一讲。"我停下来,希望这时能看到一只兔妈妈带着小兔子穿过树林,这样我就可以用它们来做个例子。可是,四周除了高高的橡树,什么也看不到。"蒂姆,奶奶老了。"我正说着,一片树叶落下来,我捡起树叶递给蒂姆,"这片树叶曾经很年轻,可现在老了。"

　　"所有的人都是这样死的吗?"他看着树叶问。

　　"当然不是,就像所有的树叶不会以相同的方式落下一样。"

"别的树叶是怎样落的？"

"有的落得很慢，像奶奶一样……"

"这我知道。"蒂姆打断我的话，"告诉我，其他人的树叶是怎样的？"

"我刚才不是在说吗？有些树叶落得很慢，像老人；有些落得很快，就像有人患了癌症。"我从地上拾起一块鹅卵石，抛向天空。

"为什么有的树叶落得快？"我真想不到蒂姆会提出这么多的问题。

"这，我也说不清，也许是因为有的树叶天生虚弱，要么就是它们病了，就像我们有的人很早就死去。"

"有时候我看到，树枝断的时候，成百上千的树叶同时落下，那是怎么回事？"

这孩子真够啰唆的。"你想想，遇到飞机失事或地震时，不是也有成百上千的人死亡吗？这跟树叶是一样的，有时会一起落下来。"

"大卫，你的树叶呢？"蒂姆好像有点儿害怕提这样的问题。

"肯定在什么地方，但我现在说不清。"我感到有些冷，便把我的上衣拉链拉上去。"大卫，我要保护你的生命，我要抓住你的树叶，不让它落下来，这样你就不会死了。"

我惊愕了。"听着，小孩子，人总是要死的，只是迟早而已。死是避免不了的，正如你不能把所有的树叶都抓住，就是这样。"

"可是春天来了，树上又长满了树叶，这是怎么回事？"

"这就像新生儿替代了死去的人。"我抬头望望天空，天色已经暗下来。

"那么，大卫，婴儿是从哪来的？"

"这里好冷，咱们回家吧。我跟你赛跑，看谁先跑到家。"

"等等，大卫，你还没回答我的问题呢。"

"预——备——跑！"

"什么？"

"没什么。从现在起，让我们紧紧抓住自己的树叶吧！"

([美]大卫·米德)

成长悟语

　　每一朵花,只能开一次,只能享受一个季节的或热烈或温柔的生命。同样,生命也只能有一次,活着的人更应该珍惜生命,珍惜身边的亲人,珍惜这得之不易的活着的幸福。

昨天的太阳

　　总是极力哀伤失去了的东西,甚至想挽回失去了的东西,却不知道珍惜所拥有的和即将拥有的——不知道珍惜,注定还将会失去。

　　一个人打很远的地方来到一座山上看日落日出。在这山上看日落日出,比在其他任何地方看都更美丽。

　　遗憾的是,他太疲倦了,一上山便呼呼地睡着了,等他醒来时,天已经漆黑,太阳早就下去了。

　　他感到十分悲伤,一次又一次地想象落日该是怎样的美丽,一次又一次设想看到落日该是如何的幸运,甚至,他还异想天开地想挽回这一错失——让落日为他重新落一次。

　　更遗憾的是,就在他十分悲痛之时,天渐亮,太阳从东边升了起来,果然比其他任何地方所见的日出都要美丽许多。可是他还沉溺在错失落日的悲伤里,根本无心欣赏日出,等他想到该珍惜这日出的美丽时,太阳已经挂在中天,没有什么特别的美丽可言了。

于是,他悲痛之中更加悲痛,郁郁地走下山去。

今天的太阳已经不是昨天的太阳,失去了的注定是无法重回的。我们中的很多人,都像这位先生,总是极力哀伤失去了的东西,甚至想挽回失去了的东西,却不知道珍惜所拥有的和即将拥有的——不知道珍惜,注定还将会失去。

对于已经发生了的事情,悔恨和埋怨都是于事无补的,这个时候就要放下那些不必要的包袱,微笑着重新开始新的一天,因为人是为了将来而活的!

心 愿 石

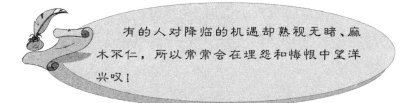

有的人对降临的机遇却熟视无睹、麻木不仁,所以常常会在埋怨和悔恨中望洋兴叹!

有位年轻人一直在苦苦追寻发家致富的秘诀,每次,只要一听到哪里有财路他便不辞劳苦地去寻找。

有一天,他得到一位长者的指点:"年轻人,东南方向 300 里的深山老林中,有位白发仙人,若有缘与他见面,则有求必应,肯定不会空手而归。"

年轻人听了欣喜若狂,谢别长者后立刻收拾行李,连夜向东南方向的深山老林出发了。经过长途跋涉,他终于到达了目的地,在那儿苦

等了三天，终于见到了那个传说中的仙人。

他向仙人请求道："大仙，我一直想发财，了却一生的心愿，经过长者指点，不远万里而来，请您告诉我发财的秘诀吧！"

仙人告诉他："年轻人，看你这么不辞劳苦，虔诚寻找，那我就告诉你这个秘诀吧：每天清晨，当太阳东升时，你到海边的沙滩上寻找一粒'心愿石'。其他石头是冰冷的，而那颗'心愿石'却与众不同，握在手里，你会感到很温暖而且会发光。一旦你找到那颗'心愿石'，你想要什么，只要对'心愿石'说，你所有的愿望都可以实现了！"

年轻人感激万分，便赶到海边去。

每天清晨，年轻人按照仙人的指点，在海滩上检查每一颗石头，发觉不温暖又不发光的，他便丢下海去。日复一日，年复一年，那年轻人在沙滩上寻找了多年，却始终没找到那块温暖发光的"心愿石"。

又是一天的清晨，他如往常一样在沙滩捡石头，发觉不是"心愿石"，就丢下海去。一粒、二粒、三粒……这样，一直到了傍晚，就准备要返回时，只听"哇"的一声，他突然大哭起来。因为刚才稍不留神，他又习惯地把那颗"心愿石"当做普通的石头，随手丢到海里去了；扔掉后，才发觉它是"发光"和"温暖"的，他追悔莫及。

人人都会遇到自己的"心愿石"，可是并不是每个人都能得到它。有的人非常珍视眼前的每一个机遇，并及时把握住；可有的人对降临的机遇却熟视无睹、麻木不仁，所以常常会在埋怨和悔恨中望洋兴叹！

成长悟语

因为习惯，我们放弃了许多发现的机会；当对一切都熟视无睹的时候，我们不仅仅遗失了思考的习惯，更放过了许多成功的机遇……